MARSWIND

Brigitte Karcher

MARSWIND

Erzählungen

Bibliografische Information der Deutschen Nationalbibliothek:
Die Deutsche Nationalbibliothek verzeichnet diese Publikation in der
Deutschen Nationalbibliografie; detaillierte bibliografische Daten sind im
Internet über dnb.dnb.de abrufbar.

Umschlag-Gestaltung, Layout und Satz: Martin Karcher, Berlin
Herstellung und Verlag: BoD – Books on Demand, Norderstedt
ISBN: 978-3-7534-0455-4

Marswind

Mein Neffe Karli ist neun Jahre alt, verstörend klug und auf dem Weg zum Mars. Nicht, dass er sich etwa auf einem Direktflug oder in einer Umlaufbahn zum roten Planeten befände. Davon kann keine Rede sein. Bislang findet dieses Unternehmen nur in seinem Kopf statt, dafür pausenlos und detailliert. Die Realität sieht anders aus und Karli weiß das.

»So weit sind wir noch nicht, die Nasa und ich. Aber«, sagt Karli, »wir arbeiten daran, und wenn es soweit ist, werde ich beim ersten bemannten Flug zum Mars in der Landekapsel sitzen. Bill Holy hat es mir versprochen.«

In fehlerfreiem Englisch hatte Karli einen Brief nach Pasadena geschickt. Über seinem Bett hängt die Antwort, hinter Glas und gerahmt, ein Versprechen vom Leiter des Kontrollzentrums.

»Dear Karli«, schreibt der Chef des Marsteams, »wir sind begeistert über dein Interesse an unserer Arbeit und laden dich nach Pasadena ein. Komm einfach vorbei und mach dir ein Bild vom Fortgang unserer Arbeit. Mit dem

Start zum Mars wird es noch eine Zeit lang dauern. Noch gibt es Probleme, die wir lösen müssen, das weißt du ja. Du hast also Zeit, dich vorzubereiten. Halte dich fit, denn wenn es soweit ist, werden wir an dich denken. Die Crew grüßt herzlich. Dein Bill.«

Karlis Mutter, meine Schwester Linde, findet es nicht gut, welche Flausen die Nasaleute ihrem Sohn in den Kopf setzen.

»Ist ja gar nicht ernst gemeint«, sagt Linde, »die Amis lieben halt Kinder und machen gerne Spaß. Die denken nicht daran, dass kleine Jungen verrückte Visionen haben und darum alles glauben, was man ihnen erzählt.«

Karlis Vater, mein Schwager Gunter, sagt: »Der Junge hat die falschen Interessen. Wohin soll es führen, ständig auf einen Planeten zu starren, der lebensfeindlicher nicht sein kann. Hier auf unserer Erde spielt die Musik, nicht dort oben in Gott weiß wie vielen Kilometern Entfernung.«

»Papa«, sagt das Kind, »es sind bei günstigster Annäherung zur Erde sechsundfünfzig Millionen Kilometer.«

Linde und Gunter sind Mitglieder im Landesorchester. Linde spielt Cello, Gunter Violine. Während ihrer Konzertreisen versorge ich Karli, und das seit seinen ersten Lebenswochen. Karli ist so gesehen auch mein Kind. Von Anfang an war ich mit an Bord, was Karlis Betreuung betraf. Linde und Gunter finden das gut und entlastend und mir bedeutet es viel, dieses Kind zu erleben. Als Karli schwer erkrankte, waren seine Eltern mit ihrem Orchester in Kalifornien. Er war damals drei Jahre alt, bekam plötzlich hohes Fieber, eine feuerrote geschwollene Zunge und war nicht mehr ansprechbar. Er wimmerte wie ein junges Kätzchen auf der Suche nach Milch. Ich war entsetzt und rief den Notarzt. Dieser nahm uns beide mit. Mit Blaulicht fuhren wir zur Klinik. Dort besserte sich Karlis Zustand erstaunlich rasch. Zwei Tage hing er an einem Tropf, fiebernd, matt, schläfrig. Am dritten Tag saß er in dem großen Krankenhausbett wie auf einer freundlichen Insel und verzauberte Schwestern und Ärzte, die sich gerne trotz Zeitmangels zu ihm setzten. Seine immer leicht verschwitzten Löckchen wurden von den Pflegerinnen liebevoll gestreichelt, vorsichtig gebürstet, die nackten Füße massiert. Karli lachte, klatschte in die Hände.

Die Ärzte sprachen von einem Kawasaki-Syndrom. Eine selten auftretende Erkrankung in unserem Lebensraum, eher bekannt in Japan.

»Karlis Eltern reisen mit ihrem Orchester um die halbe Welt, vor einem Jahr waren sie in Japan«, erklärte ich eifrig, »könnte es sein…?«

Interessant, sagten die Mediziner, doch nein, eine Ansteckung sei unwahrscheinlich, man gehe von einer genetischen Veranlagung aus. Die Krankheit träfe vor allem Kinder. Früherkannt und behandelt würden sie wieder ganz gesund. Trotz der schnellen Besserung sollte vorsorglich ein Kinderkardiologe Karlis Herz untersuchen. Im schlimmsten Fall könne die Krankheit die Herzgefäße schädigen, das wolle man ausschließen.

Ich telefonierte mit Gunter und Linde. Die beiden waren schockiert. Vertraglich waren sie ans Orchester gebunden und sahen keine Möglichkeit für einen vorzeitigen Rückflug. Sie beruhigten sich, als ich sagte, Karli ginge es gut, und ich schlafe bei ihm im Krankenzimmer.

»Mona«, sagte Gunter, »wenn wir dich nicht hätten!«

»Ihr habt mich aber, und das ist gut so, auch für mich.«
Karli wurde gesund, das kleine Herz hatte offensichtlich keinen Schaden genommen. Der Kardiologe ver-
suchte uns zu beruhigen. Doch Linde war verunsichert,
überlegte halbherzig, die Orchesterarbeit aufzugeben.

Ich erschrak. »Linde«, sagte ich, »denk nach. Ständig
zu Hause zu sitzen, das schaffst du nicht. Ohne das Orchester bist du kein zufriedener Mensch. Für Karli wäre
eine unglückliche Mutter auch kein Segen, außerdem
geht es dem Kleinen gut, das weißt du und siehst es ja.«

Ich empfände Lindes ständige Anwesenheit als eine
Zumutung mit ihrem stundenlangen Cellospiel, ihren
übertriebenen Ängsten und ihren Ansprüchen an mich
und ihre persönlichen Bedürfnisse. Ich war froh, dass
meine kleine verwöhnte Schwester in diesem Orchester
aufgeräumt war, gewissermaßen betreut von einer einge-
spielten Gemeinschaft, in deren Gesellschaft sie niemals
das Gefühl hatte, sich an einem Arbeitsplatz zu befinden.

Ich kannte meine Schwester und wusste, was ihr
wirklich wichtig war. Sie ist zehn Jahre jünger als ich.
Als sie zur Welt kam, stand ich vor einem zarten Winz-
ling und wagte nicht, die blaugeäderten Händchen an-
zufassen. »Greif nur fest zu«, sagte meine Mutter, »deine
Schwester ist vollkommen gesund. Babys mögen eine
feste Hand, die gibt ihnen Sicherheit.«

Gesund war die kleine Linde, doch sie blieb ein Winz-
ling und wirkte sehr zerbrechlich. Ihre feinen blonden
Haare wehten beim geringsten Lufthauch auf wie lose
Spinnfäden. Ihre helle Haut vertrug keine Sonne. Ständig trug sie einen bunten Stoffhut mit breitem Rand. Als
sie zu sprechen begann, piepste sie wie ein kleiner Vogel,

doch was sie sagte war deutlich und fehlerfrei formuliert. Sie sagte Mona, nicht Mama. Mona war ich.

Ich beschützte meine Schwester sobald sie auf ihren dünnen Beinen stand. An meiner Hand ging sie in den Kindergarten, zur Schule. Sie war meine Elfe, mein Märchenkind, meine Prinzessin. Ich nähte ihr ein Mondscheinkleid aus weißem Tüll, setzte ihr Kränzchen ins Haar. An Weihnachten war sie unser Engel. Ich bastelte Flügel mit Trägern, die sie wie einen kleinen Rucksack auf dem Rücken trug.

Verglichen mit Linde war ich ein großes stämmiges Mädchen mit kräftigen Armen und Beinen. Im Sommer bräunte meine Haut sogar im Schatten. Ich trug meine Schwester, wenn sie auf Wanderungen müde wurde, auf meinem Rücken, oder rannte mühelos mit dem Kind auf dem Arm unseren Eltern davon, oft bis zum Parkplatz, auf dem unser Auto stand.

»Was du für eine Kraft hast«, staunte mein Vater, der keuchend hinter uns herkam.

Linde wurde von allen geliebt, obwohl sie niemandes Freundschaft suchte. Es war, als genüge sie sich selbst. Beobachten und zusehen schätzte sie mehr als irgendwo mitzuwirken. Sie lernte leicht, war aufmerksam im Unterricht, doch danach wirkte sie erschöpft und verträumt. Ihre Lehrer dämpften die Stimme, wenn sie mit ihr sprachen. Ihre Mitschülerinnen suchten trotz Lindes Zurückhaltung ihre Nähe. Eine Musiklehrerin erkannte als erste ihre Musikalität. Eine Eins in Musik hatte es bisher in unserer Familie noch nie gegeben. Ein Cello auch nicht. Eines Tages löste sich Linde aus meinen Beschützerarmen und stellte sich neben ein neues Cello

wie zu einem Freund, der ihr ein ganz anderes Leben
versprach als jenes, das sie kannte.

Es gibt ein Foto von diesem Augenblick. Linde, kaum
größer als das Instrument, in einem hellblauen Sommer-
kleid, legt ihren Arm um den Cellohals. Wenn ich das
Bild heute anschaue, kommt es mir vor, als lassen frisch
Verlobte grüßen. Die Beiden hatten sich gefunden, das
kann ich sehen.

Zum Cello gesellte sich später Gunter mit seiner Violine. An der Musikhochschule lernten sie sich kennen. Gemeinsam bewarben sie sich nach ihrem Diplom beim Landesorchester und erhielten einen langjährigen Vertrag.
Sie waren fortan zu viert, Linde, das Cello, Gunter und
die Violine. Sie lebten in einer kleinen befriedeten Welt,
ihren Instrumenten und ihrer Musik verfallen, abgeschie-
den vom Trubel und den Plagen des Alltags, im Oberstock unseres Elternhauses, einer kleinen Vorstadtvilla.
Sie fuhren in ihrem Kleinstauto zu den Orchesterproben,
fieberten den Konzerten entgegen, gingen danach wie auf
Wolken im Garten auf und ab, auch spät in der Nacht.

Das Erdgeschoss war mein Revier. Dort übersetzte
ich Gebrauchsanweisungen in verschiedene Sprachen,
Touristikinformationen, manchmal Bücher. Ich kochte
für uns alle, putzte meine und auch Lindes Wohnung,
pflegte den Garten.

Linde sagte: »Wieviel Kraft du nur hast,« und sah mir
beim Rasenmähen zu.

Und dann kam Karli.

Hätten zu der Zeit meine Eltern noch gelebt, wäre
es ihnen als ein biologisches Wunder erschienen, dass
ihr überzartes Mädchen einen solch kraftstrotzenden

Jungen zur Welt bringen würde. Das hätten sie wohl eher mir zugetraut. Linde selbst starrte auf ihr Kind wie auf ein außerirdisches Wesen.

»Mona«, sagte sie irritiert, »ich weiß nicht.«

»Was weißt du nicht?«

»Na ja, schau ihn dir doch an.«

»Was meinst du«, sagte ich, obwohl ich wusste, was sie meinte.

Sie nahm das Baby nicht in die Arme. Sie betastete es wie eine unerwartete Postsendung, vorsichtig prüfend, was unter der Verpackung zum Vorschein kommen würde. Womöglich etwas Explosives? Linde hatte das immer getan. Ihre sorgfältig verschnürten Geburtstagsüberraschungen wurden von ihr zunächst beklopft, betastet, abgehorcht. War der Inhalt hart oder weich, gab er Geräusche von sich, ein Rasseln, einen Klang? Mit dem Auspacken hatte sie sich Zeit gelassen, als genieße sie vor allem die Vorfreude auf etwas Unbekanntes.

Doch dieses Geschenk wollte sie nicht haben. Es schrie und beleidigte ihr absolutes Gehör.

»Mona, kannst du das Kind beruhigen? Trag es doch ein bisschen hin und her«, sagte meine Schwester und zog sich die Bettdecke über den Kopf.

Als Gunter seinen Sohn sehen wollte, fand er ihn in meinen Armen.

Und alles wiederholte sich. Als Karli auf kurzen festen Beinen stand, lief er auf mich zu und sagte: »Monamam«. Seine Eltern sah er selten. Nach anstrengenden Probentagen waren Linde und Gunter am Abend nicht mehr in der Lage, mit ihrem Kind zu spielen. Im Schlafanzug trug ich ihn nach oben und reichte ihn Linde und Gunter zum Gutenachtkuss. Gunter legte seinen Sohn ins Bett, sagte: »Schlaf gut und träum was Schönes«, und überließ den letzten Akt des Abendrituals gern der Tante. Seine Einschlafgeschichte hörte Karli von mir, angereichert mit englischen, französischen oder spanischen Wörtern, die er nie vergaß und tagsüber sinngenau einsetzen konnte. Ich wunderte mich schon damals über sein Gedächtnis.

Die meiste Zeit verbrachte er in meiner Wohnung. Er ging mir gerne zur Hand, verstreute Mehl, am liebsten Linsen und schlug für den Kuchen Eier auf. Mit seinen dicken Händchen rührte er in der gelben Soße und ließ diese durch seine Finger laufen. Wir arbeiteten gemeinsam im Garten. Er grub kleine Löcher in den Boden und legte Schneeglöckchenzwiebeln hinein, häufelte Erde darüber und wartete gespannt, was passieren würde. Wenn seine Eltern auf Reisen waren, zeigte er mir die Sternbilder am Nachthimmel. Er kannte sie aus einem Bilderbuch, auch die Namen einiger Planeten.

»So weit weg sind die«, sagte er und formte mit seinen Händen eine Guckröhre vor den Augen.

»Der Mond ist nicht so weit entfernt«, sagte ich, »dort waren schon Menschen und hüpften herum. Eine Fahne steckten sie auch in den Mond.«

»Dort oben weht eine Fahne?« Karli war starr vor Staunen und sah in einen besonders großen rotleuchtenden Vollmond.

»Heute ist Blutmond«, sagte ich, »da schickt die Sonne besondere Strahlen zum Mond, die ihn rot färben.« Karli schwieg. Er schaute in die geheimnisvolle Himmelslaterne und atmete schwer.

Wenn ich Texte übersetzte, saß er in meiner Nähe auf dem Boden und legte Puzzles. Ich spielte das Wortfinde-Spiel. »Karli, hilf mir. Wie heißt das Wort für Wolke in Englisch?« Natürlich wusste ich es, aber Karli wusste es auch. »Cloud«, sagte er, ohne von seinem Puzzle aufzusehen.

Er ging an meiner Hand in den Kindergarten und in die Schule. Zu seinem sechsten Geburtstag schenkte ihm Gunter eine Violine. Linde und Gunter standen erwartungsvoll neben seinem Gabentisch. Karli öffnete den Instrumentenkoffer und griff nach der Geige. Er besah sich Vorder- und Rückseite, klopfte auf die Geigendecke, den Boden, schaute durch die kunstvoll geschwungenen Schlitze des Klangkörpers in sein Inneres.

»Warum bekomme ich eine Geige«, sagte Karli.

»Es ist wichtig, früh mit einer Sache zu beginnen, wenn man sie gut machen will«, sagte Gunter, und Linde nickte ihrem Jungen ermunternd zu.

Karli legte die Geige in den Koffer zurück.

»Dann möchte ich lieber einen Computer«, sagte das Kind.

Karlis kleiner Schreibtisch steht seit seiner Einschulung in meinem Arbeitszimmer. Das ist praktisch für uns beide. Karli liebt es, in meiner Nähe seine Schularbeiten zu schreiben. Ich liebe unsere anregenden Gespräche zwischendurch, die kleinen Pausen mit Kaffee und Saft, und seine Eltern wissen ihn bestens betreut. Zudem fürchten sie sich vor Fragen ihres Sohnes, die sie nicht beantworten können. Das überlassen sie gerne mir. »Mama und Papa wissen das nicht«, sagt Karli aus Erfahrung. Außer

Partituren und Notenblätter lesen die beiden fast nichts.
Papier, das nicht mit Noten oder musikgeschichtlichen
Daten bedruckt ist, hat für sie keinen echten Wert. Ihr
einziges Interesse gilt der Perfektionierung ihres Spiels,
dem Training, der Höchstform. Sie wollen mitspielen,
nicht mitreden, nicht in politische Diskussionen verwi-
ckelt sein oder mit philosophischen Überlegungen glän-
zen. Ihr Wissensniveau stammt noch aus der Schulzeit,
doch das stört sie nicht. Ein Buch zu lesen kostet Zeit,
die sie sich nicht nehmen, weil sie ihnen vergeudet erscheint. Taucht ein lesenswerter Roman am literarischen
Himmel auf, hochgelobt und preisverdächtig, tröstet sich
Linde mit der Aussicht auf dessen Verfilmung.

»Ich warte, bis die Geschichte im Fernsehen läuft, da
ist das Thema in einer guten Stunde durch.«

Bei Small Talk auf Empfängen ihres Orchesters im
In- und Ausland erwähnen sie aber doch ganz gerne ihren Bildungsgrad, der, sieht man von ihrem Fachdiplom
ab, mit der Matura seinen Abschluss gefunden hatte. Das
verschafft ihnen manchmal Anerkennung, ohne dass sie
etwas beweisen müssen. Linde erzählt bei jeder sich bie-
tenden Gelegenheit, dass es ihr größter Wunsch gewesen sei, auf eine Musikhochschule zu gehen.

Sie sagt: »Damals, nach der Matura, hatte ich nur eines im Kopf, ich wollte mein Cellospiel perfektionieren.«

»Sie haben das Abitur?« bewundert sie ein Bildhauer,
der sein Können einer Steinmetzlehre verdankt.

Nach den Schularbeiten startet Karli seinen Computer.
»Ich fahr jetzt mal mein Notebook hoch«, meldet er und
öffnet die geheimnisvolle Welt des Internets. Das dauert

ein bisschen, dann hör ich Karlis »Boh«, und ich weiß, dass seine Landung auf dem Mars wieder einmal gelungen ist.

»Sieh mal Mona, dieser Berg ist etwa fünfundzwanzigtausend Meter hoch. Es ist der Olympus Mons.«

Ich stehe auf und schaue über Karlis Schulter auf seinen Bildschirm. Ein breiter Höhenzug erhebt sich aus einer rötlich schimmernden Ebene, die sich in flachen Terrassen und Mulden ins Unendliche auszubreiten scheint. Ein kühler Schauer streift meinen Rücken. Ich stecke meine Nase in Karlis Locken, blase in den weichen Pelz auf seinem Kopf.

»So hoch sieht der Berg gar nicht aus, er erinnert mich an einen aufgegangenen Hefeteig oder an eine Schildkröte«, sage ich und denke an das spitze Matterhorn. Karli lacht.

»Mona, das ist nicht so blöd, was du sagst. Man nennt diese Art Vulkan tatsächlich Schildvulkan, man weiß aber nicht, ob er noch aktiv oder längst erloschen ist.« Karli bedient sich, wenn möglich, einer angemessenen Fachsprache.

»Und von welchem Punkt aus wird seine Höhe gemessen, es gibt ja dort oben keinen Meeresspiegel«, frage ich mit wachsendem Interesse.

Karli weiß auch das.

»Man misst vom mittleren Planetenniveau aus, dem Nullpunkt. Da ergibt sich eine Höhe von zweiundzwanzigtausend Metern, von der umliegenden Tiefebene aus gemessen sechsundzwanzigtausend Meter. Und Mona, stell dir vor, das Ding hat einen Durchmesser von sechshundert Kilometern, eine Strecke etwa von München bis

Berlin. So ein Berg passte überhaupt nicht in unser Land. Er wäre viel zu groß.«

»Ich kann es mir nicht vorstellen, ich finde das unheimlich, irgendwie zum Grausen,« sage ich und lege meine Wange an seinen wuscheligen Schopf. Karli schnurrt wie eine Katze und zieht den Kopf zwischen die Schultern.

»Jaha, gemütlich ist es nicht da draußen im All, das sag ich dir. Dafür wahnsinnig spannend, einfach total aufregend. Sieh doch!« Karli deutet mit der Spitze seines Bleistifts auf den bandartigen schmalen Sockel des Riesen, der an einigen Stellen breite Abbrüche zeigt.

»Was glaubst du denn, wie hoch der Fuß des Berges ist, ich meine seine Steilkante, schätze mal.«

»Na ja, wenn das Massiv selbst schon so hoch ist, vielleicht dreitausend Meter.«

Ich stelle mir die Höhe der Zugspitze vor. Karli macht es spannend, wackelt mit dem Kopf.

»Mona«, sagt das Kind, »allein die Kante ist sechstausend Meter hoch, sechstausend Meter.«

»Das ist Micha, mein Freund. Er sitzt in der Schule neben mir. Er hat kein Notebook und will mal den Mars sehen«, sagt Karli.

Micha ist kleiner als Karli und mager. Das Schild seines Baseballkäppis verdeckt lässig sein linkes Ohr. Ein Netz mit einem Fußball hängt über seiner rechten, ein schwer beladener Schulranzen über der linken Schulter. Wie von selbst gleitet dieser an seinem dünnen Arm zu Boden.

»Du interessierst dich fürs Weltall?« Ich bin überrascht. Statt seiner nickt Karli begeistert und nimmt Michas Hand.

»Ja schon«, sagt Micha, »aber auch noch für Fußball und Gleitschirmfliegen.«

Ich staune. »Du fliegst mit deinem Papa im Gleitschirm mit?«

»Nein, mein Papa kann das nicht. Aber wir schauen manchmal zu. Er fährt mit mir auf die Rossalpe. Da schauen wir den Gleitschirmfliegern zu.«

»Ach, so ist das.« Plötzlich packt mich eine unerwartete Rührung. Erwartungsvoll schauen die Jungen zu mir auf. »Na, dann schau dir mal den Mars an, das ist auch sehr spannend.«

Karli holt Saft aus der Küche, ich spendiere einen Teller mit Eiswaffeln. Dann sitzen sie an Karlis Schreibtisch und ich verziehe mich mit einem Buch auf die Terrasse, sitze direkt vor dem geöffneten Fenster meines Arbeitszimmers.

»Wem gehört denn der große Schreibtisch?« höre ich Micha fragen, während ihm Karli die Probleme einer punktgenauen und sanften Landung auf dem roten Planeten erklärt.

»Der gehört Mona. Wir arbeiten zusammen, ich hier, Mona dort.«

»Ist sie deine Mutter?«

»Ja, das heißt nein. Mona ist eigentlich meine Tante, aber meine Mutter hat ein Cello und wenig Zeit«, höre ich meinen geliebten Neffen sagen.

»Ah, klar, verstehe«, sagt Micha. Anscheinend ein Kind mit Erfahrung.

»Sieh mal«, sagt Karli, »das sind die erfolgreichen Marslander, die die Nasa dort oben absetzen konnte, bis jetzt. Sie haben alle Namen. Insight heißt dieser hier. Zu

seiner Ausstattung gehört ein Bohrer der fünf Meter tief
in den Marsboden eindringen kann, tut er aber momentan nicht, er steckt bei dreißig Zentimetern fest. Man
weiß noch nicht warum, aber das kriegen sie schon hin.
Das ist Opportunity. Er wurde von einem Sandsturm
lahmgelegt. Jetzt antwortet er nicht mehr. Die Nasa hat
ihn immer wieder angepiepst, wollte ihn wecken, aber
er gibt kein Lebenszeichen mehr von sich. Sie haben ihn
schweren Herzens aufgegeben, leider. Spirit, der da, lan-
dete fast zur gleichen Zeit. Spirit sollte nach Spuren von
Wasser suchen. Er besitzt mehrere Kameras an schwenk-
baren Gelenkarmen, eine speziell für Panoramabilder
und ein Gesteinsmikroskop. Und das sind Solarpaneele
mit aufladbaren Batterien, sehen aus wie Flügel, finde
ich. Seine Räder sind einzeln bewegbar und können den
Boden aufwühlen und fotografieren. Jetzt steckt er leider
auch im Sand. Sie haben ihn aufgegeben. Sechs Monate
sollte er arbeiten, fünf Jahre hat er das geschafft, ein ganz
toller war das.«

Karli holt Luft und zoomt einen Bildausschnitt heran.
»Genau«, sagt er, »da ist er ja, das ist Curiosity. Er liefert
seit Jahren gestochen scharfe Fotos vom Mars. Das meiste, was wir sehen können, hat er mit seiner Kamera auf-
genommen. Der neueste Lander heißt Perseverance. Er
wurde erst kürlich mit einer Rakete hinausgeschossen.
Den Start haben Mona und ich am Bildschirm verfolgt.
Momentan sieht alles sehr gut für ihn aus, in sechs Mo-
naten soll er landen. Er hat einen Drohnen-Helikopter
im Gepäck, der auf dem Mars weite Strecken fliegen
soll. Das wird sehr aufregend. Ich bin gespannt auf die
Landung von Perseverance. Stell dir vor, die Kapsel rast

mit etwa 20000 km Geschwindigkeit in die Marsatmo-
sphäre und muss auf Nulltempo abgebremst werden, mit
Bremsraketen und Fallschirmen. Die Wissenschaftler
sagen, die letzten Augenblicke vor dem Aufsetzten der
Kapsel seien für sie die schlimmsten ihres Lebens. Minuten des Grauens, die Hölle sei es, kaum auszuhalten. Danach fallen sie sich in die Arme und weinen vor Freude.«

Es wird still in meinem Zimmer. Sie trinken Saft, das
kann ich hören. Micha isst Waffeln, das höre ich auch.

»Und dein Vater, hat der auch wenig Zeit«? Unsere
Familienverhältnisse scheinen Micha mehr zu interessieren als der Fuhrpark auf dem Mars.

»Der hat eine Violine und auch wenig Zeit, aber schau
dir das hier an. In diesem breiten, endlos weiten Tal, könnten eines Tages die ersten Menschen landen. Die Gegend
heißt Arcadia Planitia und ist gut geeignet für eine Landung der Astronauten, und weißt du auch warum?«

Eine Waffel knistert zwischen Michas Zähnen. »Keine
Ahnung«, sagt Karlis Freund, »hab ich noch nicht drüber
nachgedacht.«

»Na,« verrät Karli, »das ist doch ganz einfach. Weil
es im Boden gefrorenes Wasser gibt. Man braucht Wasser um zu überleben, man kann ja keine gefüllten Tanks
von der Erde mitnehmen. Aber in diesem Tal braucht
man nur ein paar Schaufeln, dann kann man das Eis aus
dem Boden holen, es liegt zum Teil nur dreißig Zenti-
meter unter der Oberfläche. Auch die Landebahn wäre
gut. Eine Tiefebene ohne größere Hindernisse wie Felsen
oder Erdspalten, schön flach und sandig.«

»Menschen sollen da landen, warum denn«, sagt Micha.

Ich befürchte, dass Karli sich jetzt outen, von seinem
Brief aus Pasadena erzählen könnte, dass er in sein Zimmer rennen und Bill Holys Versprechen vom Haken
nehmen würde als Beweisstück für seine berechtigten
Hoffnungen. Doch mein Kind ist noch viel klüger als ich
vermutet habe. Es gibt sich bedeckt, verrät mit keiner
Silbe, was es einmal für die Menschheit tun würde.

»Die Menschen forschen, seit sie auf der Welt sind«,
sagt das Kind. »Das steckt so in uns drin, auch in dir, Micha, weißt du. Das ist auch wichtig. Die Wissenschaftler
wollen die Entstehung des Lebens verstehen, den Anfang
von allem, und wie es weitergehen kann. Wir wissen inzwischen von den Leuten auf der ISS, dass die Erde ein
kostbarer Planet ist, auf den wir sehr aufpassen müssen.
Wenn wir noch andere Planeten erforschen, erhalten wir
viele Erkenntnisse, die uns dabei helfen können.«

Ich klappe mein Buch zu, in dem ich keine Zeile lese.
Mein Karli, denke ich, du bist auch so eine Kostbarkeit,
die wir bewahren müssen. Was ich dazu beitragen kann,
werde ich tun, ich schwöre es, hier auf dieser Garten-
bank.

»Wir wollten noch kicken«, mahnt Micha.

Das durfte er dann, und immer gegen das Garagentor. Karli saß auf der Gartentreppe und sah zu. Einen Ball
gegen ein Garagentor zu knallen war nicht sein Ding,
und Micha fand das Leben auf dem Mars wohl ebenso
unnötig. Ich sah ihn nicht wieder.

Ich hatte mir selbst nie eine Familie oder Kinder gewünscht. Die Vorstellung, für sehr nahestehende Menschen Sorge tragen zu müssen, hatte mich tief beunruhigt.

Vielleicht war ich zu früh mit dieser Aufgabe konfrontiert gewesen, obwohl meine Mutter nicht verlangt hatte, mich so intensiv um die kleine Linde zu kümmern. Ich tat es, weil es sich so ergab, weil ich die überschäumende Zuneigung meiner Schwester nicht zurückweisen konnte. Doch ich kümmerte mich zu viel um das Mädchen und vergaß dabei meine eigenen Bedürfnisse. Ohne es selbst zu bemerken wurde ich zur geborenen Kümmerin. »Meine Mona macht das«, sagte meine Mutter, »sie ist eine geborene Kümmerin, auf meine Mona kann ich mich verlassen«, lobte sie mich vor unseren Freunden, unseren Verwandten. Das erfüllte mich mit Stolz, und ich strengte mich an, diesem Bild zu entsprechen.

Später, auf der Uni, lernte ich, an mich zu denken. Ich war froh, häuslichen Pflichten entronnen zu sein. In der Mensa holte ich mein Essen, das andere für mich kochten, an der Theke ab. Keine Lindeschwester bettelte um ungeteilte Aufmerksamkeit. Mein Zimmer im Studentenwohnheim unterlag einem selbstgewählten Ordnungsprinzip, das nur ich durchschaute. Ich kümmerte mich nicht mehr um andere, sondern bevorzugt um mich. Gleichzeitig beschloss ich, diese neugewonnene Freiheit durch nichts und niemand zu gefährden. Ich hielt dieses Vorhaben schriftlich fest und legte das Papier mit einem feierlichen Schwur in meine Dokumentenmappe. Mein zukünftiges Leben sollte mir die Freiheit lassen, das zu tun, was ich tun wollte. Sollte ich Entscheidungen fällen, beträfen diese nur mich. Rücksichten auf Nahestehende gäbe es nicht zu nehmen.

In diesem Fall ergab es sich glücklicherweise, dass sich niemand für mich interessierte. Das lag natürlich an mir. Stets verhielt ich mich reserviert und abweisend, an Männerbekanntschaften nicht interessiert. Meine äußere Erscheinung half mir dabei. Groß und muskulös, war ich nicht der Traum meiner Kommilitonen. Meine Amazonenhaftigkeit betonte ich gezielt durch sportliche Kleidung. Meistens sah ich aus, als käme ich direkt von einem Wettkampf, vielleicht Speerwurf oder Kugelstoßen? Meine Abwehrhaltung funktionierte. Ich war zufrieden.

Sie funktionierte solange, bis sich eine Baby-Hand an meinen Zeigefinger klammerte und ihn nicht freigab. In diesem Augenblick wusste ich, dass ich verloren und einem kleinen Wesen verfallen war, das mich mit großen Augen betrachtete.

Karli schließt sein Notebook an meinen Fernseher an. Er stöpselt so einiges ein und um. Es ist Sonntagnachmittag, es regnet. Linde und Gunter üben für das kommende festliche Ereignis im neuen Prinzenpalais. Nach jahrelanger Sanierung soll es mit einem Konzert vom Landesorchester eingeweiht werden. Wir hören aus dem Oberstock Mendelssohn, und Karli sagt: »Mona, fahr schon mal die Lautstärke hoch, ich bin gleich soweit.«

Wir sehen eine Dokumentation aus der Mediathek mit dem Titel: Aufbruch zum Mars. Wir haben es gemütlich auf meinem Sofa, Kekse und Cola in Reichweite.

Die Besatzung der ISS klärt auf. »Die Schwierigkeit beim bemannten Raumflug liegt in der langen Verweildauer im All. Während wir hier auf der Raumstation durch Versorgungsshuttles unterstützt werden, die Nahrung und Technik anliefern, ist ein Sechsmonatsflug zum Mars in die Tiefe unseres Sonnensystems auf einen funktionierenden, geschlossenen Versorgungskreislauf angewiesen. Da haben wir noch diverse Probleme, die wir aber schnellstens lösen werden«, sagt der Kommandant der ISS und lacht breit in die Kamera.

»Die sind gut drauf«, findet Karli und greift nach einem Keks. Fröhlich schwimmen Astronauten durch die Wohnröhre, schlagen Purzelbäume, stupsen einen roten Ball vor sich her, der macht, was er will. Ein Neuling unter ihnen schildert seine Eindrücke. Wir sehen sein Andockmanöver an die Raumstation. Wie eine dicke Raupe gleitet er in seinem Raumanzug durch eine Öffnung in die ISS und wird von seinen Kollegen freudig begrüßt. Sie umarmen ihn, halten ihn fest, damit er ihnen nicht entwischt und zur Decke schwebt. Ein bisschen übel sei es ihm in den ersten zwei Tagen gewesen, jetzt gehe es ihm blendend, sagt er und winkt. Karli winkt zurück.

Ein Weltraumveteran auf seiner letzten Tour spricht von der Schwierigkeit des Landemanövers. Ein großes Problem sei nicht die punktgenaue Landung, da habe man genug Erfahrung sammeln können, vielmehr sei der Abbremsvorgang in der letzten Etappe immer noch eine große Herausforderung. Mit unvorstellbarer Geschwindigkeit rase die Kapsel durch das All in Richtung Mars. In mehreren Stufen erfolge der Bremsweg, und eben dieser sei noch nicht befriedigend geklärt. Da müsse man vollkommen sicher gehen, damit die Reise nicht zu einem Abenteuer ohne Wiederkehr werde. »Wenn uns ein Roboter zerschellt, ist das sehr bedauerlich. Aber wir schicken den nächsten ins All und ersetzen ihn. Menschen können wir nicht ersetzen. Beim bemannten Flug muss alles stimmen. Und das wird es auch. Wir sind dabei, auch diese Schwierigkeiten zu bewältigen. In ein paar Jahren sind wir soweit.« Der erfahrene Astronaut ist sich ganz sicher. Dann blickt er in unsere Richtung und prophezeit: »Eines ist klar, der erste Mensch, der den Mars betreten wird, muss nicht erst geboren werden. Er lebt bereits mitten unter uns, und wer weiß, vielleicht bist du es, der als erster seinen Fußabdruck im roten Staub des Planeten hinterlässt?« Sein Finger deutet auf Karli und mich.

Karli springt auf. »Mona, er meint mich, er meint mich, hast du das gehört?«

Diesmal versuche ich, seine Begeisterung zu dämpfen, weil ich das Kind liebe und nicht möchte, dass es sich in Illusionen verheddert oder sich vor Schulkameraden blamiert.

»Karli«, sage ich, »er meint alle Leute, die diese Sendung sehen, vielleicht auch mich. Du bist doch klug genug, um das zu wissen, oder?«

»Ja klar«, sagt Karli, »aber es sah echt so aus, als meine er mich.«

Dann stellt er sich seine Tante im Raumanzug vor und kichert. Er sieht sie umherhüpfen, groß und aufgeblasen wie ein weißer Werbe-Riese, zwischen Gesteinsbrocken rote Staubwolken aufwirbelnd, und am ersten größeren Felsen hängen bleibend.

»Mona, Mona«, lacht das Kind und wirft sich in die Sofakissen. Dann muss es trinken und leert seine Colaflasche in wenigen Zügen.

Wir blicken zusammen mit dem Neuling von der Aussichtskuppel der Station auf unsere Erde. Unser blauer Planet funkelt wie eine geschliffene Lapis-Kugel und

begleitet die ISS in beruhigendem Abstand. Die Astronauten telefonieren mit ihren Familien, sind in ständi-
gem Kontakt zur Kontrollstation.

Der Neuling sagt: »Bis jetzt hatten wir immer unsere
Erde im Blick, erkennen Meere, Wüsten, Gebirge, Ströme,
sogar große Städte. Das wird sich ändern auf dem Flug
zum Mars, und niemand kann sagen, wie es ihm damit
gehen wird. Wir verlieren die Erde optisch, sie schrumpft
zu einem stecknadelgroßen Punkt, und wir wissen nicht,
welchen Gefühlen wir dann ausgesetzt sind.«

Ich schaue auf Karli. Er hält die Luft an und einen
Keks in seiner Hand.

»Aber«, fährt der Neuling fort, »ich denke, die Span-
nung und die Neugierde auf den roten Planeten, der
endlich vor uns auftaucht, wird so groß sein, dass wir
den Verlust der Erdnähe verschmerzen.«

Karli nickt aufgeregt. »Das sehe ich auch so«, sagt er
und beißt in seinen Keks.

Später sitzen wir alle in meiner Küche und essen zu
Abend. Linde ist wie immer erschöpft und hat Mühe
ihre Pizza in mundgerechte Stücke zu schneiden, keine
Fertigpizza, sondern eine auf zartem Hefeteig ausgeleg-
te Gemüsemischung, Zucchini, Tomaten, Pilze, schwar-
ze Oliven, bestreut mit geriebenem Käse und frischen
Gartenkräutern, eine Spezialität ihrer Schwester Mona.
Linde legt Messer und Gabel beiseite, schüttelt ihre, vom
Cellospiel ermüdeten Hände und seufzt.

»Soll ich sie kleinschneiden?« fragt Gunter. Er meint
ihre Pizza. Sie nickt dankbar und schiebt ihm ihren Teller entgegen.

»Mama«, sagt Karli, »der Pizzaboden ist doch weich wie ein Kuhfladen.« Er meint es gut mit seiner Tante.

Ich gieße mir Rotwein nach, werde wütend und beachte Gunters übertriebene Fürsorge nicht. Linde spießt nun wie in Trance noch einige kleine Stücke auf ihre Gabel und kaut auf ihnen in Zeitlupe herum.

»Du könntest zum Mars fliegen«, sagt Karli. »Astronauten-Nahrung ist weich, man kann sie mit einem Löffel essen.« Er meint es ernst und will sich über seine Mama keineswegs lustig machen. Doch Linde bricht plötzlich in Tränen aus und lässt die Gabel in den Teller fallen.

»Kannst du einmal an etwas anderes denken als an deine Weltraumspinnerei. Du redest von nichts anderem. Während andere Kinder draußen spielen, schwimmen gehen oder sonst was treiben, sitzt du stundenlang vor deinem Notebook.« Ihr vorwurfsvoller Blick trifft mich, denn das angesprochene Teil ist ein Geschenk von mir.

»Aber Mama«, sagt Karli, »du spielst doch auch stundenlang Cello und gehst nie schwimmen«.

Da hat er recht, denke ich, und Gunter sagt: »Das ist wohl etwas anderes.«

Linde heult wieder. Sie kippt nach vorn und ihre müden Hände sind kaum in der Lage, ihren Kopf zu stützen.

Ich kenne solche Szenen aus Lindes Kindheit. Auch als junges Mädchen bekam sie beim geringsten Anlass ihren Heulanfall. Erschrocken beeilten sich unsere Eltern, den Grund ihrer Verstimmung aus der Welt zu schaffen und ihre Wünsche zu erfüllen.

»Linde«, sage ich, »dein Kind hat eine ebenso ausgeprägte Begabung wie du und Gunter, du musst das allmählich begreifen. Karli ist hochbegabt und interessiert sich eben nun mal für das Weltall und nicht für Mozart oder Palestrina. Er kann vielleicht einmal ein Wissenschaftler werden, das ist doch großartig, so großartig, wie ihr dies als Musiker seid. Er muss ja gar nicht in eine Raumkapsel steigen. Bei der Nasa oder der Esa bleiben die meisten Spezialisten am Boden, falls es das ist, was dich ängstigt.«

Das hochbegabte Kind würde gerne etwas dazu sagen, doch weil es so klug ist, wie die Tante vermutet, weiß es, dass es jetzt besser ist, den Mund zu halten.

Linde schaut hoch. »Ach, soll er doch tun, was er will, es macht mir keine Angst, nein wirklich nicht. Schließlich kommt er ganz nach dir, ist so kräftig, robust und tüchtig wie du und kann mit Sicherheit im Weltraum überleben. Das sah man ja damals schon dem Säugling an. Geboren fürs All«, spottet sie in ungewöhnlich scharfer Weise, ohne Rücksicht auf ihren Jungen.

Gunter schaut auf seine Armbanduhr. »Beruhige dich Linde, du weißt, wir haben noch zu üben.«

Karli staunt. »Mama, ist das wahr, konntest du so früh schon sehen, dass ich für die Raumfahrt tauge?« Er hört nur, was ihm gefällt, Lindes Angriff und ihr Spott interessieren ihn nicht.

»Ach, frag doch deine Tante. Mona erkannte dich schon damals als ihresgleichen. Was für ein starkes Kerlchen, hat sie gejubelt, als sie dich zum ersten Mal in den Armen hielt.«

Karli ist begeistert, solche Vorzüge zu haben und diese aus dem Mund seiner Mutter zu vernehmen. Ihren eifersüchtigen Unterton nimmt er nicht wahr. So klug das Kind sonst ist, zweideutige Reden kann es noch nicht durchschauen. Ermutigt von so viel vermeintlichem Lob verrät Karli jetzt, dass er heute vom Mars aus die Erde gesehen habe.

»Stellt euch vor, ihr steht auf dem Mount Sharp und am Himmel erscheint ein klitzekleines Pünktchen, mit dem bloßen Auge gerade noch zu erkennen. Was denkt ihr, was das sein könnte? Was meinst du Papa? Rate mal.«

»Und wo bitte ist dieser Mount Sharp«, heuchelt Gunter minimales Interesse. Er sorgt sich um Linde, die nervös eine leichte Fingerübung über ihrem Teller absolviert.

»Gut, ich sage es euch.« Karli weiß, seine Eltern sind echte Raumfahrtbanausen und brauchen dringend Unterweisung, und Mona weiß zwar Bescheid, will aber nichts verraten.

Ich zwinkere ihm fröhlich zu, sag es ihnen, sag was du weißt.

»Der Mount Sharp erhebt sich mitten im riesigen Gale Krater auf dem Mars. Wenn ihr auf diesem hohen Berg stündet, könntet ihr die Erde sehen, mit bloßem Auge, aber klitzeklitzeklein, kleiner als ein Stecknadelkopf, so klein, dass ihr nicht erkennen könntet, was für ein wunderbarer Planet das Pünktchen ist, mit Wasser, Pflanzen, Tieren und Menschen.«

Karli spricht feierlich und schaut in eine unbekannte Ferne, ist jetzt ganz still, als horche er auf etwas, was wir irdische Pizzaesser nicht hören können. Ich bin gerührt von dieser kindlichen Begeisterung, mit der er bereits die Einmaligkeit unseres Heimatplaneten und dessen Verletzbarkeit zu erkennen scheint.

Linde gähnt. »Na, dann wollen wir mal schön auf unserem wunderbaren Planeten weitermachen und nach

oben zum Üben gehen. Und unser Astronaut sollte besser sein Bett besteigen statt Riesenberge im All.«

Ihr kurzer Gefühlssturm verzieht sich so schnell, wie
er hereingebrochen war. Ihr Interesse richtet sich nicht
mehr auf das artfremde, robuste Kind, sondern auf das
Konzert, für das sie und Gunter noch einige Passagen
erarbeiten wollen. Das Kind ist musikalisch gesehen sowieso eine Niete, doch irgendetwas braucht der Mensch
zum Glücklichsein, das weiß seine Mutter auch. Warum
aber regt sie sich heute plötzlich über sein albernes Hob-
by derart auf? Sie wundert sich über sich selbst, doch
nicht lange, denn das Thema ist im Grunde nicht wichtig
für sie. Soll Karli doch vom Himmel träumen, von Planeten, Trägerraketen und Raumsonden. Eines Tages wird
es etwas anderes sein, vielleicht Gorillas oder Pharao-
nengräber, Autorennen nicht ausgeschlossen, und Mädchen irgendwann. Möglich ist bei diesem Jungen alles,
denkt Linde, nur eines nicht, sein Gehör für klassische
Musik zu schulen. So überlässt sie ihren Sohn auch an
diesem Abend der Obhut ihrer Schwester und spielt mit
Gunter ihre Passagen für die 5. Sinfonie von Beethoven,
hingebungsvoll und weltvergessend.

Karli steigt noch nicht in sein Bett, sondern stellt Teller
und Gläser in die Spülmaschine. Das macht er gern. Danach gönnt er sich nochmal ein Stück Pizza und isst es
aus der Hand wie ein Butterbrot. Er sitzt am Küchentisch
und denkt nach. Er ist ein bisschen blass und muss husten.

»Mona, war ich wirklich so ein kräftiges Baby, wie
Mama sagt?« Karli sieht müde aus. Er hustet wieder.

»Du warst ein toller kleiner Kerl, ich konnte dich kaum halten, so schwer warst du, hast wie wild gestrampelt und geschrien, hast meinen Finger gepackt und nicht losgelassen.«

Er lacht. »Das ist gut. Als Astronaut darf man nicht schwächlich sein, und man braucht genügend Kraft, um einen Raumanzug zu tragen. Dann kommen noch alle diese Übungen dazu, die ich vor dem Flug ins Weltall absolvieren muss. Sie nehmen nur die besten Leute, und man muss kerngesund sein, weißt du.«

»Das bist du. Aber sag mal, du siehst müde aus, willst du nicht schlafen gehen?«

Karli überhört meine Frage. »Mona, ich sage dir jetzt mal etwas, was du kaum glauben wirst. Ich wollte es auch Mama und Papa erzählen, aber sie denken dann, dass ich spinne, und Mama würde wieder weinen.«

Ich erschrecke. »Karli, was weißt du denn, erzähl es mir.« Noch nie zuvor hatte sich Karli um seine Mutter gesorgt. Es musste sich daher um etwas außergewöhnlich Beunruhigendes handeln. Ich bekomme mit einem Mal Angst um das Kind.

»Mona, stell dir vor, auf dem Mars gibt es Stürme, da weht ein starker Wind. Ich habe ihn gehört, ich sah Minitornados, Sandteufel, es ist unglaublich. Die Nasa zeigt einen Film im Internet, du kannst den Sturm hören.«

Ich denke, na, das ist ja zumindest kein existentielles Problem, an dem Karli nagt. Ich bin beruhigt und auch nicht, denn Karli ist ganz weiß im Gesicht und atmet schnell.

»Was ist los, Karli, geht's dir nicht gut?« Er sagt nichts, schnappt nach Luft, wie nach einem zu langen Tauchgang.

Ich packe ihn und lege ihn auf den Boden, schiebe ein Kissen unter seinen Kopf. Ich überlege nicht lange, rufe einen Notarzt. Ich kann Linde und Gunter nicht verständigen, sie spielen sehr laut, ich höre, wie sie ihre Bogen kräftig über die Saiten ziehen.

Ich will Karli keine Sekunde aus den Augen lassen, halte seine Hand und versuche mit ihm zu atmen. »Langsam, Karli«, sage ich, »atme ruhig und langsam, ganz ruhig und langsam, ein und aus, ein und aus.« Er folgt meiner Anweisung, schaut mich an, beruhigt sich und schließt die Augen. Erst das Martinshorn übertönt das Spiel der beiden im Oberstock. Beethovens Fünfte erstickt im Heulen der Sirene. Linde und Gunter stürzen nach unten in die Küche. »Was ist denn passiert?«

Der Notarzt versorgt Karli mit Sauerstoff. Sie sind zu zweit, arbeiten wortlos und legen Karli auf die Trage. »Wer kommt mit, es eilt«, sagt der Arzt.

»Ich fahre mit meinem Sohn«, sagt Gunter bestimmt und nimmt Karlis Hand. »Mona, bleib du bei Linde, das ist am besten. Ich rufe euch an, sobald ich kann.«

Ich bin von Gunters klarer Ansage überrascht und fühle mich überrumpelt, doch als ich mit Linde allein in der Küche stehe, weiß ich, dass Karli seinen Vater brauchen wird.

Wir warten in meinem Wohnzimmer auf einen erlösenden Anruf. Ich habe Tee gekocht, wir vergessen ihn zu trinken. Er wird kalt. Mehrmals rufe ich in der Klinik an, denn ich halte die Ungewissheit kaum aus. Ich bekomme keine Auskunft. Linde sitzt in der Sofaecke und klagt, wie schlecht es ihr gehe. Dieses Kind, jammert sie, raube ihr noch den letzten Nerv. Sie glaube an einen hysterischen Anfall mit Atemnot, ausgelöst von Karlis verrückten Vorstellungen und seinen Wahnideen über diesen verdammten Mars. Wer hat ihm einen solchen Unsinn eigentlich ins Hirn gesetzt, frage sie sich. Von alleine könne ein Kind auf so etwas ja überhaupt nicht kommen. Sie wirft einen finsteren Blick nach mir. Dann schimpft sie weiter, verflucht die gesamte Raumfahrt, die Forscher der Nasa und Esa und alle anderen weltweit, dann das ganze Weltall, diese elende Blase, dieses dunkle, unheimliche Gebilde, das angeblich auch noch dauernd größer und größer werde. Am besten wäre es, man wüsste nichts darüber oder ließe es einfach in Ruhe samt seinen Planeten, Milchstraßen und schwarzen Löchern. Besonders diesen.

»Früher sahen die Menschen den Mond, besangen ihn mit wunderbaren Liedern und das genügte ihnen. Heute müssen sie auf ihm herumtrampeln, Fähnchen hissen, Steine sammeln, Löcher bohren, und dann verführen sie auch noch Kinder mit verlogenen Versprechungen, schreiben Briefe. Sag mal, Mona, warum tun sie das?«

Ich antworte nicht. Ich bin außer mir vor Sorge. Meine Angst um Karli steigt von Minute zu Minute. Vor Aufregung ist mir übel, und ich übergebe mich auf der Toilette. Um vier Uhr morgens läutet das Telefon. Ich halte es mit zitternder Hand an mein Ohr.

»Gunter?«

»Es war ein winziges Loch in der Herzwand, die Ärzte konnten es schließen. Es hat etwas mit dieser Krankheit vor sechs Jahren zu tun. Karli liegt noch im Aufwachraum, aber er ist außer Gefahr, sagt der Arzt.« Dann höre

ich Gunter weinen. »Mona, schluchzt er, danke, dass du
den Notarzt geholt hast. Sie sagen, mit einer Stunde Ver-
zögerung hätte Karli nicht überlebt.«

Linde schläft inzwischen auf meinem Sofa, wacht
aber auf, als das Telefon läutet.

»Karli wurde heute Nacht operiert,« sage ich. »Es war
ein kleines Loch in der Herzwand. Er ist jetzt außer Gefahr und liegt im Aufwachraum.«

Linde fährt hoch, sitzt starr in der Sofaecke und wird
so bleich wie Karli es gewesen war. Sie wirkt noch kleiner
als sonst, sieht aus, als schrumpfe sie vor meinen Augen.

»Ein Loch«, sagt sie, mehr nicht.

»Er ist außer Gefahr, hast du gehört?«

Sie rührt sich nicht.

Ich setze mich zu ihr auf das Sofa und warte. Wir
warten. Dann koche ich frischen Tee. Wir trinken ohne
zu reden. Draußen wird es langsam hell.

»Diesen Weltraumfilm im Internet, könnte ich den
irgendwann einmal sehen?« Linde spricht wieder.

»Da gibt es viele«, sage ich, »nimm deine Tasse und
komm.«

Wir setzen uns an meinen Schreibtisch. Ich fahre den
Computer hoch und klicke auf Karlis Raumfahrtpro-
gramm. Ein Bilderbogen gestochen scharfer Fotos, die
der Rover Curiosity vom Mars seit Jahren liefert und es
noch immer tut, zieht an unseren Augen vorbei. Ein Film
beginnt. Berge von gigantischem Ausmaß, Tiefebenen
mit rötlichem Plattenbruch, sandbedeckte Geröllfelder
mit großen und kleineren Felsbrocken, Kraterkessel und
Canyons und die vereisten weißen Polkappen schlagen
uns in ihren Bann. Wir trinken Tee und starren in eine

fremde, ferne Welt. Ein wagengroßes Fahrzeug, eher ein technisches Labor auf sechs Rädern, die kleinen rollenden Weinfässern ähneln, bewegt sich mühelos über eine Halde aus aufgeschichteten Gesteinsplatten. Der Roboter Curiosity, durch Gelenkarme mobil wie eine Spinne, ertastet Hindernisse, überwindet sie geschickt. Plötzlich wirbelt Staub auf. Eine Sturm-Böe scheint über den Rover zu fegen. Er vibriert ohne seine gemächliche Wanderung zu unterbrechen. Gleichzeitig setzt ein Rauschen ein wie ein Gebläse, wird stärker, als laufe ein Haarföhn auf höchster Stufe. Gespenstische Sandteufel jagen über die staubige Bruchsteinebene. Meine Schwester bleibt sprachlos, hält sich an ihrer Tasse fest.

»Linde«, sage ich, »das Geräusch, das wir hier hören, ist ein Sturm in den Tiefen unseres Sonnensystems. Das ist der Wind, von dem Karli sprach. Er kennt ihn, er wusste davon. Er hörte ihn. Das ist sein Wind. Es ist Karlis Marswind.«

Tisch für Zwei

»Er soll von Adel sein, sehr altem Adel. Seine Ahnen waren vielleicht Raubritter«, sagt Helen, die abends meinen Laden putzt. Helen studiert Geschichte im dritten Semester und interessiert sich für sowas. Sie hatte sich im Viertel umgehört, man kennt ihn, den älteren Herrn. Seinen Namen weiß sie auch, von Schwarzenbach-Wartenstein oder Wetterstein. Beim Zweitnamen war sie sich nicht mehr sicher, will ihn aber demnächst googeln. Jedenfalls sei er ein Baron, sagen die Leute.

Täglich kommt er in mein kleines Geschäft, eine Mischung aus Kiosk und Kleinstcafé. Drei Bistrotische konnte ich stellen mit je zwei Stühlen, Regale an den Wänden und eine Theke mitten im Raum. Meine antike Kasse fasziniert nicht nur ihn, auch Schüler und ältere Kunden freuen sich über ihr Klingeln und Rasseln, wenn ich die Geldschublade öffne. Manche wünschen der Kasse ein langes Leben und sorgen sich um ihre Funktion. Sollte sie einmal kränkeln, bot mir ein Feinmechaniker rasche Hilfe an. Notruf genüge. Er gab mir seine Telefonnummer.

Der Baron kam anfangs einmal in der Woche. Er kaufte den Spiegel und zwei Brezeln. War ich mit einem Kunden im Gespräch, wartete er geduldig und in diskretem Abstand, bis ich Zeit für ihn hatte. Das Lokal schien ihm zu gefallen, das Warten auch. Er genoss es sichtlich, hier zu sein und meine Verkaufskünste beobachten zu können. Kunden, die nach ihm kamen, ließ er gerne den Vortritt. »Bitte sehr, ich habe es nicht eilig.« Kam er an die Reihe, lächelte er und deutete eine knappe Verbeugung an. Irgendwann stellte er sich vor.

»Schwarzenbach«, sagte er, »verzeihen Sie, ich hätte Ihnen längst meinen Namen nennen sollen.«

»Er ist vornehm«, sage ich zu Birgit, mit der ich eine Wohnung teile.

Er kam immer öfter, kaufte mal Kekse, mal Schokolade und irgendwann eine Tageszeitung, die ich seither für ihn beiseitelege. Seit einigen Wochen kommt er täglich. Ich reserviere den Fensterplatz für ihn. Er trinkt ein Kännchen Kaffee, isst zwei Croissants. Seinetwegen nahm ich Croissants in mein Angebot auf. Ich lege die Tageszeitung auf seinen Tisch, warte auf ihn, jeden Morgen, und freue mich, wenn er die Tür öffnet. Eine Glocke bimmelt zum Empfang. Er tritt zunächst vor die Theke und wünscht mir einen sehr guten Tag, angedeutete Verbeugung inklusive.

»Den wünsche ich Ihnen auch«, und »Ihr Frühstück kommt sofort«, sage ich mit immer denselben Worten.

»Oh bitte, keine Eile, ich habe Zeit«, sagt der Baron.

Er setzt sich an sein Tischchen, nimmt die Zeitung und liest als erstes den Leitartikel. »Sehr gut, sehr gut«, höre ich ihn sagen. Er kennt den Chefredakteur persönlich, und ich vermute, dass er noch andere wichtige Leute kennt.

Gekleidet ist er unauffällig, aber gut. Immer trägt er einen Anzug mit passender Krawatte, wechselt zwischen dunkelgrauem, braunem und beigem Tuch von bester Qualität. Das sehe ich. Wenn es regnet, kommt er in einem staubgrauen Raglanmantel und schüttelt vor der Tür seinen schwarzen Regenschirm aus. An kühleren Tagen bevorzugt er einen rehbraunen Chesterfield, zweireihig, ein englischer Klassiker, der niemals altert. Dieses Mantels wegen erstehe ich bei der Auflösung des Kaffeehauses Mirabel in der Südstadt einen Garderobenständer Marke Thonet mit stilgleichen Kleiderbügeln. Er sieht ihn, sagt:

»Ach wie schön, eine Neuheit hier. Einen solchen kenne ich noch aus meinen Wiener Jahren.«

Von seinem Fensterplatz aus betrachtet er mich nachdenklich, vergisst zum ersten Mal den Leitartikel und massiert mit den Fingern sein gut rasiertes Kinn.

Mit seinem Oberlippenbart, kurz geschnitten wie eine Nagelbürste und grau wie der dichte Haarkranz um eine nicht zu große Tonsur, erinnert er mich an Herren auf historischen Fotografien der Gründerzeit. Sein Frisör ist offensichtlich ein Meister seiner Zunft, den der Baron in kurzen Abständen zu besuchen scheint, anders lässt sich der perfekte Haarschnitt nicht erklären.

»Der ist sowas von elegant«, schwärme ich am Abend, während Helen den Boden wischt. Ich reinige die Theke, streichle meine Kasse und rede ihr gut zu.

»Lass mich ja nicht im Stich, du gutes Stück.«

Nach getaner Arbeit trinken wir noch einen Whisky

und sitzen am Tischchen des Herrn von Schwarzenbach-
Wartenstein.

»Übrigens«, sagt Helen, »es bleibt bei Wartenstein.
Ich habe ihn gegoogelt. Einen Wetterstein gibt es nicht,
nur ein Wettersteingebirge, allerdings mit Deutsch-
lands höchstem Berg. Ist ja auch nicht übel. Aber dein
Baron hat wirklich einen langen Stammbaum. Bis ins
vierzehnte Jahrhundert reichen seine Wurzeln. Er ist Jurist, war im Staatsdienst. Sein Vater, Gandolf Heinrich,
war Weinbauer. Man hat ein Schloss am Oberrhein und
Weinberge in guten Lagen. Und der Deine heißt mit voller Adresse Dr. jur. Carl Clemens Friedrich, Freiherr von
Schwarzenbach-Wartenstein, ist im Ruhestand und frühstückt regelmäßig im Bistro bei Henriette Maier.«

»Er ist nicht der Meine. Er frühstückt nur hier. Keine Ahnung warum, wahrscheinlich gefällt ihm meine
Ladenglocke. Das Bim Bam erinnert ihn wohl an seine
Kindheit, so wie mein Garderobenständer an Wien. Was
kann ich da machen?«

»Sei ehrlich, Henni, den Thonet-Ständer hast du
aber schon extra für ihn gekauft, wenn mich nicht alles
täuscht«, sagt Helen und rüttelt ihren Eiswürfel gegen
die Wand des Whiskyglases.

Wir trinken noch einen. Morgen ist Sonntag und
mein Laden bleibt geschlossen. Eigentlich gehört er mir
gar nicht, sondern Ludwig, meinem Freund. Er hat ihn
vom Erbe einer Tante aufgebaut, hat alles reingesteckt,
was er besaß und seinen Beruf als Altenpfleger aufgegeben. Einen sozialen Treffpunkt wollte er schaffen mit
Kaffeeausschank, Backwaren, Zeitschriften und Überle-
bensmitteln, wie er sein Angebot an H-Milch, Keksen,

Nüssen, Schokolade und Müslimischungen nannte. Alkohol wird nicht verkauft. Whisky gibt es nur für gute Freunde nach Geschäftsschluss und dann gratis. Ich brach mein Studium ab und stieg mit ein. Seit einem halben Jahr ist Ludwig auf Treckingtour. Grußbotschaften über Internet treffen aus Indien, Nepal und Thailand ein. Wie lange er bleiben werde, kann Ludwig nicht vorhersehen, es käme auf so vieles an. Die Gruppe sei fantastisch aufeinander eingespielt, mal sehen, schreibt er aus Bangkok.

»Wenn er zurückkommt, wenn, dann verlasse ich Ludwig, den Laden auch und beginne ein neues Studium, vielleicht Psychologie oder soziale Arbeit oder beides.«

»Das würde ich an Ihrer Stelle ebenso tun«, empfiehlt mir der Baron.

Ich sitze nach Beendigung seines Frühstücks zum ersten Mal bei ihm am Tisch. Es ist ruhig im Laden, Kundschaft nicht in Sicht, und der Baron hatte mich um die Freude meiner Gesellschaft gebeten.

»Frau Henriette, würden Sie mir die Freude machen, sich einen Augenblick zu mir zu setzten?«

Ich tu es gern, bitte ihn aber auf das fürchterliche Henriette zu verzichten und mich Henni zu nennen.

»Aber was denn, ein solch schöner Name sollte mit Stolz getragen werden«, wendet er ein. Er würde, wenn ich es ihm erlaubte, diesen weiterhin bevorzugen, bekennt er in einer reichlich umständlichen Formulierung.

Er setzt sich wieder, denn bei der Äußerung seiner Bitte hatte er sich höflich erhoben. Er erkundigt sich nach meinem Wohlergehen. Anstrengend stelle er sich meine Arbeit vor, von morgens bis abends auf den Beinen und immer zuvorkommend, fröhlich, aufmerksam.

Sein warmes Lächeln geht mir wohlig unter die Haut. Vermutlich tiefer. Er fragt nach meinen Plänen. In meiner wundervollen Jugend sei so vieles möglich, ein Neuanfang, eine andere Weichenstellung.

Macht er sich meinetwegen Sorgen, findet er es unsinnig, in einem Laden wie diesem Kaffee zu kochen, Zeitungen und Brezeln zu verkaufen, obwohl er selbst davon profitiert?

»Klar«, sage ich, »eine Lebensaufgabe ist es nicht. Aber ich treffe Leute, ziemlich nette, man spricht miteinander, ich erfahre Neues, die meisten kommen gern hierher.«

Ich zögere, schaue an ihm vorbei, dann muss ich es sagen: »Und ich mache soeben Ihre Bekanntschaft, das freut mich besonders.«

Er lächelt, betrachtet die Marmortischplatte.

»Das bewegt mich sehr«, sagt er zu dieser. Dann blickt er auf.

»Dass ich Sie kennenlernen durfte, liebe Henriette, ist ein seltenes Glück für mich. Diese Einkehr bei Ihnen am Morgen bringt Licht in meinen grauen Tag. Ein alter Mann wie ich kennt wenig echte Freuden, Zufriedenheit ja, aber keinen Glanz, und ein so junger, reizender Mensch wie Sie wirft immer auch einige Funken in die erloschene Glut eines anderen. Ich hoffe, ich darf das einmal so sagen, es liegt mir ehrlich am Herzen.«

Die Ladenglocke bimmelt. Ich schaue ihn an.

»Gehen Sie nur«, sagt er freundlich und bedankt sich für das erquickende Plauderstündchen. Es waren gerade mal zwanzig Minuten, die wir beisammengesessen hatten.

Drei Monate lang bleibt er danach aus. Jeden Morgen lege ich die Zeitung auf den Tisch am Fenster, nehme sie nach einer Weile wieder an mich und behalte sie selbst. Am Abend freut sich Birgit, meine Mitbewohnerin über Lesestoff.

Ludwig schickt Grüße aus Addis Abeba. Die Gruppe hat den Erdteil gewechselt. Äthiopien sei fantastisch, die Menschen, die Landschaft, die Tiere, doch auch Armut, sehr viel Elend. Die Gruppe habe sich inzwischen getrennt, er selbst reise mit Astrid weiter. Sie wolle genau wie er nach Burkina Faso. Die anderen träfe man vielleicht in Mexiko wieder. Irgendwann.

Helen sagt: »Blöd, dass ihm der Laden gehört, sonst könntest du ihn einfach auf die Straße setzen.«

Wir trinken Whisky, morgen ist Sonntag.

»Er lässt mich soeben sitzen, Helen, ist dir das klar?«

»Sieht ganz danach aus.«

Ich mache weiter, verkaufe Kaffee, Zeitungen, H-Milch und Schokoriegel und frage mich, wohin und warum Carl Clemens Friedrich von Schwarzenbach-Wartenstein verschwunden ist. Ich wünsche mir angesichts meiner ungewissen Zukunft seinen Rat, vielleicht auch mehr, ich weiß es nicht genau, aber ich stelle erschrocken fest, dass ich ihn unendlich vermisse.

Es ist bereits Herbst, als er eines Morgens plötzlich an der Theke steht. Ich glaube, mein Blick spricht Bände, erzählt von Erleichterung, Aufregung und heller Begeisterung. Ich müsste die Augen schließen, um meine Gefühle nicht zu verraten. Der Baron ist gerührt über diesen Empfang, er hatte ihn so nicht erwartet. Meine offen gezeigte Freude macht ihn verlegen. Er sieht sich um, findet alles, wie es gewesen war und hängt seinen Mantel, den warmen Chesterfield, über einen Bügel.

Er liest den Leitartikel, ich bringe ihm Kaffee und Croissants.

Ich habe zu tun. Gleichzeitig sind fünf Frauen mit er-
wartungsvollen Kleinkindern im Geschäft. Sie bekommen
Gummibärchen. Das wissen sie und halten ihre Händchen
auf. Die Frauen sind befreundet. Sie unterhalten sich, treffen komplizierte Verabredungen, lassen sich jede Menge
Zeit. Stehend trinken sie Espresso und kaufen endlich ihre
Müslimischungen. Ein kleines Mädchen geht zum Tisch
des Baron und spendiert ihm ein Gummibärchen.

»Willst du ein rotes oder ein gelbes?«

Er wählt das gelbe, es klebt ein bisschen. Er legt es
behutsam auf seine Serviette.

»Danke, mein Kind. Das ist sehr nett von dir, ich werde es heute Abend als Betthupferl verspeisen.«

Die Kleine strahlt ihn an, dann dreht sie sich im Kreis
und drückt dabei ihr rotes Bärchen mit den Fingerchen
an ihre Stirn. »Betthupfen, Betthupfen«, singt sie so lange, bis die Mutter eine Mütze über ihren Lockenkopf
stülpt. Als die Truppe gemächlich abzieht, trägt der Baron sein Tablett mit Kännchen und Kaffeetasse zur Theke, als wäre er hier zu Hause und wolle sich ein bisschen
nützlich machen.

»Bitte, Herr Baron, das müssen Sie nicht tun.«

»Ich weiß, doch ich mache es sehr gern.«

Er beugt sich etwas vor, steht sinnend da. Ich kann
es mit keinem anderen Wort beschreiben. Wie soll er
sagen, was er sagen will? Dann sagt er es.

»Ich nehme einmal an, liebe Henriette, und falls es
nicht zutrifft, bitte ich um nachsichtige Korrektur. Sie
haben sich vielleicht gefragt, wo und wie ich die letzten

Wochen verbrachte, und warum ich, ohne Ihnen Lebe-
wohl zu sagen, verschwunden bin. Vielleicht darf ich
Ihnen das auf einem kleinen Spaziergang in aller Ruhe
erklären. Falls Sie keine anderen Pläne für Ihren Sonntag haben, würde ich Sie gerne in ein Café in den Rosenauen einladen. Man sitzt dort sehr angenehm in einem
ehemaligen Gewächshaus und genießt dabei den Blick
in einen herrlichen Park.«

Ich kann nicht glauben, was ich höre. Was rollt hier
auf mich zu, eine sanft auslaufende Welle oder eine Rie-
senwoge? Hastig nehme ich die Einladung an, ertrage
es nicht, ihn auch nur eine Sekunde länger auf meine
Antwort warten zu lassen, bilde mir sogar ein, er leide
deswegen oder fürchte sich vor einer Zurückweisung.
Dann ist er hocherfreut, vielleicht sogar erleichtert und
bekräftigt das mit einem langen Händedruck.

»Er ist zurück«, kalkuliert Birgit haarscharf, als ich am
Abend ohne Zeitung nach Hause komme. Sie isst Spaghetti mit Ketchup zu später Stunde, weil man die immer essen kann und lädt mich auf einen Teller ein. Ich
erzähle ihr von meinem Date mit dem Baron, und Birgit
meint, ich sei jetzt vollkommen durchgeknallt.

»Irgendetwas stimmt nicht mit dir. Ich glaube, der Laden bekommt dir nicht und ist auf Dauer dein Verderben.
Wo war er denn so lange, dein Herr Baron? Vielleicht
hat er eingesessen, wurde bei einem Ladendiebstahl erwischt. Drei Monate kämen als Strafmaß hin. Oh Gott,
Mädchen, jedem Sonderling schenkst du Gehör. Am
Ende geben sich Hochstapler, Dealer und Terroristen bei
dir die Klinke in die Hand.«

Birgit studiert Jura. Sie steht kurz vor ihrem Staats-
examen.

»Jetzt mach aber mal einen Punkt«, empöre ich mich.
»Helen hat den Mann gegoogelt, seinen Stammbaum
entdeckt, alles ist mit ihm in Ordnung. Seine Familie
besitzt ein Schloss am Oberrhein und Weinberge. Sein
Stammbaum reicht bis ins vierzehnte Jahrhundert.«

Ich will nicht, dass Birgit mir die Freude auf mein
Sonntagsdate verdirbt.

»Helen ist geschichtsverliebt, das weißt du«, sagt Birgit. »Sie möchte zu schnell an das glauben, was sie entdeckt, hinterfragt nicht, was im Internet steht. Da kann
schließlich jeder schreiben was er will. Die Frage ist doch
nicht, gibt es ein Schloss, Weinberge und einen Stammbaum, das gibt es immer irgendwo, die Frage bleibt, ist
der Mann derjenige, den er vorgibt zu sein. Hat er dir
seinen Pass gezeigt?«

»Nein, hat er nicht. Sag mal, spinnst du, ich verlange
doch von Kunden und Freunden keine Einsicht in ihren
Pass. Außerdem, ein Foto bei Wikipedia stimmt mit dem
vor mir stehenden Menschen überein, und Wikipedia
lügt nicht. Jeder kann die Informationen überprüfen, die
sie liefern.«

Birgit gibt sich geschlagen.

»Der Punkt geht an dich. Bleibt aber noch sein Alter.
Was willst du denn von diesem ergrauten Schwadro-
neur, diesem verkümmernden Adelsspross. Das ist doch
kein Umgang für ein junges Ding wie dich.«

»Ich will gar nichts von ihm. Ich sehe ihn einfach gern
und vermisse ihn, wenn ich ihn nicht sehe. Ich fühle mich
wohl mit ihm, denke an ihn, das ist es. Mehr nicht.«

»Oh mein Gott«, stöhnt Birgit, »es ist schlimmer, als ich dachte.«

Sie richtet sich auf, mit strengem Blick.

»Ich verurteile daher die Angeklagte zu einer Einweisung in die Psychiatrie mit anschließender Sicherungsverwahrung. Die Verhandlung ist geschlossen.«

Wir lachen beide und gönnen uns einen Schluck Rotwein.

»Prost Schlossgespenst.«

Der Baron holt mich am Sonntagnachmittag im Laden ab. Am besten sei es, wir träfen uns dort, hatte er vorgeschlagen. Auf dem Platz bei der Kirche könne er sein Auto parken. Wenn es um praktische Dinge geht, vergisst er seinen gestelzten Redestil und spricht eine Gegenwartssprache wie jedermann. Ich finde das beruhigend. Er fährt einen Seat. Er sagt, noch könne er das, aber wie lange, das wisse nur sein Augenarzt.

»Der verspricht mir aber noch so einige Jährchen hinter dem Steuer, bei regelmäßiger Kontrolle und seiner Behandlung. Ohne Auto bin ich nur ein halber Mensch, ich fahre ausgesprochen gern.«

Ich bin überrascht, hätte das nicht vermutet. Eher hätte ich ihn in eine Kutsche oder auf ein Reitpferd gesetzt, oder mit dem Wanderstab in die Weinberge geschickt, im Spaß natürlich, aber eigentlich ganz gern. Jetzt im Auto trägt er eine Brille, randlose Gläser für eine bessere Fernsicht. Sie steht ihm gut. Ich finde, sein Gesicht wirke doch irgendwie aristokratisch und überlege, wie ein Aristokrat eigentlich auszusehen habe. Lebende Beispiele an europäischen Königshäusern helfen mir nicht

weiter. Ich werde Helen bitten, mir eindeutige Beispiele
für aristokratische Merkmale zu nennen, die sich in den
Rumpelkammern der Geschichte sicher finden ließen.

Der Baron trägt heute seinen braunen Anzug, dazu
eine moosgrüne Krawatte mit gelben Streifen. An seinem Handgelenk tickt eine schlichte Armbanduhr. Kräf-
tige Hände liegen auf dem Lenkrad. Kein Ehering, kein
Siegelring lassen auf irgendeine Bindung schließen. Ich
schaue kurz zur Seite, betrachte sein Profil. Er bemerkt
es sofort, lächelt belustigt.

»Und, alles in Ordnung, oder fahre ich zu schnell?«

»Nein, nein, Sie fahren wunderbar, und alles ist in
Ordnung. Es könnte nicht besser sein.«

»Das freut mich, es freut mich sehr.«

Ich war noch nie in diesen Rosenauen, ein Naturpark
mit unzähligen Wildrosensträuchern, die hier bei güns-
tigen Bedingungen in der Vorderpfalz eine erstaunliche
Wuchshöhe erreichen. Die meisten Sträucher sind schon
abgeblüht, verraten aber durch vereinzelte Nachblüten
oder einen zweiten Flor ihre Sommerfarbe. Der Baron
offenbart sich als Rosenkenner, weiß ihre Namen, ihre
Besonderheiten. Diese und jene Sorte wachse auch bei
ihm daheim im Garten. Sie liebten das milde Klima der
Oberrheinregion, auch, dass sein Vater zusätzlich zum
Weinanbau eine Rosenzucht betrieben habe, erfahre ich
so nebenbei.

Im Gewächshaus Café am Rosengarten hatte Schwarzenbach einen Tisch für zwei reservieren lassen. Ich stelle fest, dass man ihn kennt. Der Chef kommt persönlich und begrüßt den Herrn Baron und seine charman-
te Begleiterin. Er gefällt mir nicht. Der Kaffeehauschef

erscheint mir devot und allzu freundlich. Es gefällt mir
nicht, wie er mich sieht. Unter seinen Blicken fühle ich
mich wie die gebuchte Dame eines Escortservices, und
ich bin froh, dass er sich nach einer albernen Verneigung
verzieht. Den Baron scheint die Begrüßung nicht zu stören. Vielleicht ist er seit Kindertagen daran gewöhnt, von
den Menschen hofiert zu werden. Er kann damit umge-
hen, nimmt es einfach nicht zur Kenntnis.

Er wartet, bis ich in meinem verschnörkelten Arm-
lehnstuhl sitze und nimmt dann selbst auf einem solchen Platz. Alles ist hier verschnörkelt, gekringelt und
geschwungen, Tischbeine, Stuhlbeine, die Henkel der
Kaffeetassen, Kuchengabeln und Kaffeelöffel. Was nicht
verschnörkelt ist, ist mit Rosen verziert. Künstliche Ro-
sengirlanden vor den gläsernen Wänden, rosengemus-
terte Servietten aus Stoff, passend zur Tischdecke. Wir
sitzen auf Rosenpolster und freuen uns über die kleine
Vase auf unserem Tisch, in der eine einzelne, echte gelbe Rose im Wasser steht, eine Gloria Dei, die der Baron
sofort und richtig bestimmt. Ich staune über sein Wissen.

»Das ist nun wirklich nicht schwer, diese Rose zu erkennen, da muss man kein Fachmann sein. Die Gloria ist
sehr beliebt und weltberühmt«, sagt er in aller Beschei-
denheit. Er sieht sich um.

»Ich hoffe, Sie stören sich nicht an der etwas überla-
denen Ausstattung der Einrichtung, überall Rosenmus-
ter. Ich kann Ihnen aber versprechen, die Kuchen sind
fantastisch. Ihretwegen komme ich hierher, nur der Kaffee schmeckt mir bei Ihnen, Henriette, besser.«

Das Gewächshaus im Stil des Fin de Siècle, mit glä-
sernem Kuppeldach und riesigen Rundbogenfenstern,

stimmt mich etwas melancholisch. Zum Glück gibt es
kein Klavier, dem ein gelangweilter Pianist lauwarme
Töne entlockt. Hohe Palmen in Kübeln unterteilen den
Saal in intime Nischen, in denen sich die Gäste ungestört
fühlen. Genau das scheint der Baron zu schätzen. Wir
bestellen Kaffee und Malakoff-Torte, die er mir wärms-
tens empfiehlt. Und er hat recht. Noch nie habe ich ein
so wunderbares Backwerk verzehrt. Ich esse langsam, jeden Bissen genießend. Er beobachtet mich, ist glücklich,
dass es mir schmeckt.

Später überredet er mich zu einem Glas Champagner. Champagner dürfe er trinken, vom Arzt erlaubt,
geradezu empfohlen. Sekt bekomme ihm nicht so gut,
Champagner schon. Wir stoßen an. Er möchte auf meine
Zukunft trinken, und ich auf seine Gesundheit. Wir einigen uns, berücksichtigen beides, und endlich kommt er
zu seiner Erklärung, deretwegen wir hier sitzen, weil er
sie nicht zwischen Tür und Angel hatte abgeben wollen.

Er habe, sagt er, am Tag vor seiner nicht geplanten
Abreise die Nachricht vom Tod seiner Stiefmutter erhalten, der zweiten Frau seines Vaters. Nach dem tödlichen
Unfall seiner leiblichen Mutter habe sein Vater eine sehr
viel jüngere Frau geheiratet. Er trinkt einen Schluck, seine Hand zittert leicht, als er das Glas wieder abstellt.

»Meine Schwester rief mich an und bat mich zu kommen.«

»Das ist ein schwerwiegender Grund für eine Abreise«, sage ich. »Was könnte es Wichtigeres geben in solch
einem Fall.«

»Ja, und meine Schwester ist in solchen Situationen
ziemlich hilflos. Zudem trat der Sohn meiner Stiefmutter

auf den Plan, der sich zeitlebens nicht um sie gekümmert hatte und forderte ein Erbe ein, noch bevor seine Mutter unter der Erde lag. Ich musste also schleunigst nach Hause fahren und die Dinge regeln. Mein Vater hatte Moritz, ihren Sohn, nie adoptiert, ihn allerdings bis zu seinem Tod großzügig unterstützt. Moritz verstand seinerzeit nicht, dass ich mich weigerte, die Zuwendungen meines Vaters weiterhin an ihn auszubezahlen. Seine Mutter war dazu nicht ermächtigt, dafür hatte mein Vater gesorgt. Diesmal ging es aber ums Ganze. Er forderte seinen Anteil an Schloss, Land und Geldreserven. Ich bin Jurist. Er bekam den Pflichtteil vom Erbe seiner Mutter, der zum Glück nicht Haus und Hof betraf, nicht die Weinberge, die unsere wirtschaftliche Grundlage sicherstellen. Immerhin beschäftigt mein Verwalter eine Anzahl Arbeiter, die bezahlt werden müssen. Ich habe also aufregende Wochen hinter mir und bin Ihnen deshalb sehr dankbar, dass ich mit Ihnen heute ein paar ruhige Stunden verbringen darf.«

Es berührt mich, dass er mir all das erzählt, doch gleichzeitig fühle ich mich überfordert. Ein fremder Mensch erzählt mir seine Familiengeschichte, zieht mich ins Vertrauen, glaubt, ich sei die richtige Person, um in ein schwieriges Kapitel seines Lebens eingeweiht zu werden. Er kennt mich nicht, weiß nichts von mir, außer dass ich Zeitungen und Brezeln verkaufe, und dass ich meinen Freund verlassen will. Was denkt er, wie ich seine Offenbarung aufnehme, mit ihr umgehe, sie mit mir tragen werde. Und zu alldem erzählt er jetzt, dass seine Mutter auf einer Fahrt nach Basel verstorben sei. Einen Crash mehrerer Autos im Nebel hätten sie und sein kleiner Bruder Siegbert nicht überlebt. Beide seien sofort tot gewesen. Ihren Führerschein habe sie erst wenige Wochen vor der Unglücksfahrt erhalten, und sein Vater habe sich ein Leben lang vorgeworfen, nicht selbst gefahren zu sein.

»Damals war ich vierzehn Jahre alt«, sagt der Baron.

Ich atme durch und schaue in mein Glas.

»Jetzt habe ich Ihnen sehr viel zugemutet, liebe Henriette. Ich bitte um Nachsicht, aber es tut so gut, mit jemand darüber zu reden, und Sie sind jemand, der zuhört, einfach nur zuhört. Ich danke Ihnen.«

Um irgendetwas etwas zu sagen, frage ich, obwohl ich es gar nicht wissen möchte.

»Und wie geht es gerade Ihrer Schwester?«

»Ja, die Agnes«, sagt der Baron. »Sie möchte, dass ich nach Hause komme und den Rest meines Lebens mit Ihr verbringe. Sie ist etwas einsam. Ihr Leben lang spielte sie den guten Geist des Hauses. Für meinen Vater war das angenehm, für meine Stiefmutter weniger. Agnes und sie verstanden sich nicht besonders. Ich denke, dass meine Schwester froh ist, in Zukunft die Schlüssel allein in der Hand zu halten. Von Trauer also keine Spur, bei mir übrigens auch nicht.«

»Werden Sie es tun?«, frage ich.

»Was tun?«, sagt der Baron.

»Mit Ihrer Schwester leben«, sage ich.

Forschend schaut er mich an. Er scheint sorgfältig abzuwägen, was er diesem jungen Mädchen, das ihn unerwarteterweise über alles schätzt, das er heute an seinen Tisch gebeten hatte, um ihm Vertrauliches mitzuteilen, dem auch er gewisse Sympathien entgegenbringt und ehrlich eingestanden mehr als das, was er diesem jungen Ding, das täglich morgens auf ihn wartet, nun in aller Offenheit sagen sollte.

»Vorerst denke ich nicht daran. Ich lebe gerne in der Stadt und genieße das kulturelle Angebot. Auch meine Ärzte, die ein alter Mann nun einmal braucht, sind alle fußläufig erreichbar.«

Er macht eine Pause. Er weiß, dass das Mädchen jetzt auf eine winzige Botschaft wartet. Er legt eine Hand auf meine.

»Und diese schöne Hand, die mich mit Kaffee und Croissants versorgt, möchte ich auf keinen Fall vermissen.«

Ich trinke meinen letzten Schluck Champagner, schlage einen Rundgang in den Auen vor, falls ein Spaziergang zeitlich noch möglich sei. Wir gehen zügig, der Baron ist gut zu Fuß. Eine Stunde reicht aus, um einen See zu umrunden, ein Biotop für seltene Ried- und Feuchtpflanzen am Ufer und unzähligen Seeroseninseln auf seinem Wasserspiegel.

»Im Sommer gleicht der See einem bunten Garten, der an die Bilder von Monet erinnert, und wenn Sie das hier sehen, brauchen Sie nicht nach Giverny zu fahren.«

»Ich möchte trotzdem einmal dorthin. Ich kenne alle diese Bilder und träume davon, auf der Brücke in Monets Garten zu stehen.«

»Leider wird der Garten von Touristen überrannt. Ich war dort und fand nicht, was ich erwartet hatte.«

»Sie waren dort?«

»Ja, es ist lange her. Aber schon damals war das Grundstück überlaufen. Man ging in Prozessionen auf

den Wegen. Ich war enttäuscht. Seither genügt mir hier
dieses kleine Paradies.«

Bilde ich mir ein, er würde mir, weil ich es wünsche,
eine Reise in die Normandie vorschlagen? Etwas in der
Art muss es sein, denn ich registriere eine vage Enttäuschung. Augenblicklich laste ich diese jedoch seiner er-
nüchternden Schilderung an, denn solche Erwartungen
gehen gar nicht. Ich will sie auch nicht haben. Sie sind
schädlich, absolut realitätsfern und verderben mir mein
bislang unbeschwertes Leben, sieht man von Ludwigs E-
Mail-Grüßen einmal ab. Ich ermahne mich. Henni, hör
auf mit diesen Träumereien. Schau hin, was ist. Ein äl-
terer Herr hat dich zum Kaffee eingeladen. Stammgast
in deinem Laden, mit einem Schloss, meinetwegen, und
dem Bedürfnis alter Leute, gerne von sich und ihren Pro-
blemen zu reden. Birgit hat recht, ich habe vermutlich
einen Knall, einen Dauerrausch und gehöre zur Aus-
nüchterung in eine Zelle.

Meine Selbstermahnung fruchtet in keiner Weise.
Wir fahren zurück. Ich wünsche mir, die Fahrt nähme
kein Ende, und das nahe Beieinander in der Begrenztheit
des Raumes bliebe ein dauerhafter Zustand. Er erzählt
von seinem Weingut, von preisgekrönten, aber auch
schlechteren Jahrgängen, von Wettersorgen und Schäd-
lingsbefall.

»Wir pflanzen Rosen zwischen unsere Weinstöcke. Sie
leiden unter denselben Krankheiten, zeigen diese aber
früher an, so können wir beim Wein beizeiten handeln.«

Es dämmert bereits, als wir die Vororte erreichen. Ich
möchte nicht ankommen und halte jede Sekunde dieses
vergänglichen Augenblicks mit allen Sinnen fest. Es geht

mir nicht gut dabei. Ich bin aufgewühlt, möchte unsere Zweisamkeit bewahren, will nicht erleben, was jetzt kommen muss. Er spürt es, schweigt rücksichtsvoll und fährt so langsam wie irgend möglich in die Kappelstraße. Dort rollt der Wagen vor dem Bistro aus und steht. Er nimmt die Hände nicht vom Lenkrad, wartet eine Weile, wortlos. Dann sagt er: »Einen Augenblick bitte«, steigt aus, geht um das Auto und öffnet meine Tür. Zum Abschied haucht er einen Kuss auf meine Hand, filmreif und kavaliergeschult. Als er anfährt, hupt er zweimal. Ich winke. Dann schließe ich die Ladentür auf, stelle mich an meine Theke, trinke Whisky und heule los.

Birgit ist wütend, als ich in angetrunkenem Zustand nach Hause komme.

»Ich sag es ja«, wettert sie und sagt es immer wieder.

»Dieser Adelsfatzke, dieser Blaubart, dieser Edeljunker, dieser Weinkönig bricht dir noch das Herz. Ein verrosteter Raubritter, ein Karnevalsprinz, ein Schlossgespenst, ein, ein …«

Mehr fällt ihr nicht ein, um ihren Abscheu auszudrücken. Sie löst Alka Seltzer in einem Glas mit Wasser auf.

»Trink das, sonst bist du morgen ein Pflegefall, und ich kann nicht zur Uni.«

Ich trinke.

»Du kennst ihn nicht, sonst würdest du anders reden.«

»Zum Glück kenne ich ihn nicht. Das fehlte mir noch. Träfe ich ihn, schlüge ich ihn sofort in Ketten und sperrte ihn in sein eigenes Burgverlies.«

Ich muss lachen, höre nicht mehr damit auf. Anfallartig schüttelt es mich, ich verschlucke mich am Wasser, dann fang ich an zu heulen, und Birgit sagt: »Komm.« Sie schleppt mich zu meinem Bett, zieht mich aus, hilft mir ins Nachthemd und deckt mich bis unter die Ohren zu.

»Ich stell dir unseren Putzeimer ans Bett, falls du brechen musst.«

Die Sonntage gehören von jetzt an ihm. Er holt mich im Bistro ab, wir fahren aus der Stadt über Land, nicht allzu weit, seine Ziele sind nah gesteckt. Nachmittagsausflüge mit Kaffeetrinken und Spaziergängen, manchmal gegen Abend mit einem kleinen Imbiss endend. In vielen Gaststätten ist er ein bekannter Mann, seine Weinmarke Wartensteiner wird geschätzt.

Birgit lästert: »Und, gehst du wieder auf Rentnerkaffeefahrt?«

Spät wird es nie.

»Ein alter Mann braucht seinen Schlaf, eine schwer arbeitende Frau noch viel mehr«, sagt er und setzt mich vor dem Laden ab. Immer Handkuss, immer hupen. Dieses Alte-Mann-Gerede ärgert mich ein bisschen. Ich finde, dass er damit kokettiert, denn er wirkt rüstig und agil. Ich habe den Verdacht, dass er mich ständig warnen möchte. Mädchen pass auf, verliebe dich nicht in einen Greis, denn die Freude ist kurz und der Kummer lang. Der Spruch stammt von Birgit. Sie wird nicht müde, mir täglich meine Unvernunft vor Augen zu führen.

Helen sieht die Sache anders. Sie will studienhalber profitieren.

»Frag ihn doch nach den Beziehungen seiner Familie zum letzten Kaiser. Vielleicht gab es spannende Verbindungen. Und frag ihn, wie sie zu Hitler stand. Solche Dinge stehen nicht in den Geschichtsbüchern.«

Ich frage weder das eine noch das andere, ich frage überhaupt nicht viel, bin zufrieden mit dem, was er von selbst erzählt. Inzwischen erkundigt er sich nach meinen werten Eltern, lässt sie grüßen. Die Grüße richte ich nicht aus. Meine Eltern betreiben eine Metzgerei im Norden, arbeiten hart und hätten kein Verständnis für diesen Umgang, wie sie sowas nennen.

»Das ist kein Umgang für dich, das führt doch zu nichts.«

Dass ich ein Ladengeschäft betreibe, sehen sie gern. Eine tüchtige Tochter hätten sie, lassen sie zwischen Suppenknochen hacken und Schnitzel schneiden ihre Kundschaft wissen.

Seine Frühstücksstunde am Morgen hält der Baron pünktlich ein. Er kommt, er geht, täglich zur selben Zeit. Er liest den Leitartikel, isst seine Croissants. Ein neuer Anzug kommt dazu. Heller Nadelstreifen auf dunkelblauem Grund, passend dazu eine silbergraue Krawatte. Ich habe ihn während seiner Mahlzeit im Blick, bin glücklich über seine Gegenwart. Immer wieder schaut er zu mir her. Er lacht mit den Augen, das kann er gut. Eine Überraschung gibt es am Nikolaustag. Aus einer Nesselstofftasche zieht er einen großen Nikolaus von bester Markenschokolade und stellt ihn auf die Theke. Ich freue mich wie ein Kind, kämpfe mit den Tränen. Den letzten dieser Art hatte ich mit zehn Jahren bekommen. Ich sage es ihm, und der Baron erlaubt sich eine unerwartete Geste. Er streichelt dem Mädchen, das so lange auf den Nikolaus warten musste, die Wange.

An diesem Abend gestehe ich Helen, dass ich ohne diesen Menschen nicht mehr leben kann.

Helen sagt: »O-Mann-o-Mann.«

Am dritten Adventssonntag fährt er mit mir ins Elsass. Die Fahrt dauert länger als sonst. Er holt mich schon am Vormittag im Bistro ab. Es beginnt zu schneien.

»Keine Sorge«, sagt der Baron, »die Winterreifen sind aufgezogen.«

Wir fahren über den Rhein, durch weihnachtlich geschmückte Dörfer und langsam ansteigendes Rebland. Weide- und Obstbaumwiesen begleiten uns bis zu den waldreichen Hügeln am Fuß des mächtigen Höhenzuges der Vogesen, mit seinen herausragenden Kuppen und Bergrücken. In einem Taleinschnitt wechseln wir auf eine schmale Straße, die uns in engen Kurven auf ein weites, von Fichten umrahmtes Hochplateau führt.

Das einzige Haus in dieser Einöde ist eine bewirtschaftete Almhütte. Wartensteiner Hof steht auf dem Schild über der Eingangstür. Ich ahne, und er bestätigt es, das Gasthaus ist sein eigenes, seit Jahren in der Hand eines Pächters. Ein Mann namens Jean-Marc kommt auf uns zu, begrüßt den Baron mit »Salut, Clement.« Er gibt mir die Hand »Bon Jour, Madame« und führt uns in ein kleines Nebenzimmer, in dem für zwei Personen aufgedeckt ist. Die Einrichtung des Zimmers ist karg. Einfache Fichtenholzmöbel, eine Eckbank, auf der wir sitzen, der Tisch ohne Tuch, das Holz blank gescheuert. Jean-Marc trägt auf. Kartoffelsuppe, Rehrücken mit Rotkraut und Kastanien. Im Weinglas Wartensteiner Goldtropfen.

Der Pächter redet wenig. Einmal sagt er: »Denk an die nächste Lieferung, Clement. Vom Wartensteiner habe ich nur noch zehn Flaschen auf Lager.«

Er spricht französisch. Ich verstehe, was er sagt. Der Baron notiert sich die Bestellung in sein Notizbuch.

»Ist gut, Jean-Marc, ich schick sie dir nächste Woche hoch.«

Die beiden kennen sich gut, es sieht aus, als wären sie befreundet. Ich bin von all dem überrascht und benommen und befürchte, dass der Mann, den ich begleite, noch weitere Kaninchen aus dem Ärmel zaubern würde. Ich hatte geglaubt, das Wichtigste über ihn zu wissen, und nun das hier. Ich bin unruhig. Die vertraute Stimmung der vergangenen Sonntage stellt sich nicht ein. Der Pächter serviert Kaffee, geht und schließt die Tür. Wir trinken ohne zu reden.

Der Baron stellt seine Kaffeetasse beiseite, sagt, er wolle, nein er müsse mir nun etwas sagen, was ihm sehr schwerfalle, aber leider unaufschiebbar sei.

Ich weiß, was ich jetzt hören werde. Dann sagt er es, das Unaufschiebbare. Seine Stimme klingt brüchig.

»Meine Schwester bat mich dringend, für einige Wochen nach Hause zu kommen. Gerade zu Weihnachten wachse ihr die Arbeit mit all den Vorbereitungen über den Kopf. Sie vergesse so vieles und verliere allmählich den Überblick, das große Haus, die Angestellten, die Besucher. Ich werde also, liebe Henriette, wieder einmal via Heimat ziehen und nach dem Rechten sehen müssen. Ich wollte es Ihnen in meinem eigenen Hause sagen, hier oben an meinem Lieblingsplatz in den Vogesen, und nicht wie beim letzten Mal wortlos verschwinden.«

Er sieht mich an.

»Darf ich mir vorstellen, dass Sie Weihnachten mit ihren lieben Eltern verbringen werden und nicht allein im Bistro in der Kappelstraße?«

»Ich denke schon«, sage ich.

»Das beruhigt mich, es beruhigt mich sehr«, sagt der Baron und trägt mir wieder einmal unbekannterweise Grüße auf.

Ich möchte antworten, doch meine Stimme versagt. Der Baron bemerkt es nicht. Er redet jetzt über das Gasthaus, das früher eine Jagdhütte gewesen war, sein Urgroßvater habe sie erbaut. Schon im ersten Weltkrieg sei sie beschlagnahmt worden, doch in den sechziger Jahren konnte sein Vater sie neu erwerben.

Ich will diese Geschichte nicht hören, das Gasthaus nicht kennen, hier nicht sitzen.

Der Pächter kommt, übergibt ihm ein großes Kuvert, sie haben noch einiges miteinander zu beraten, sprechen französisch. Ich schaue zum Fenster, es schneit heftig und mir ist kalt. Der Pächter warnt vor vereisten Straßen im Bergland. Früher als geplant brechen wir auf. Der Baron fährt langsamer als sonst, passt sich dem Schneefall an, die Scheibenwischer leisten Schwerarbeit. In der Rheinebene wird es schon dunkel. In den Dörfern mischt sich das Glitzern der Lichterketten an Fenstern und Bäumen unter den Tanz der Flocken. Der Baron schlägt vor, mich zu meiner Wohnung zu bringen. Es wäre das erste Mal, dass er es tut. Wir wissen beide nicht voneinander, wo der andere wohnt.

Ich möchte, dass er mich zum Laden fährt. Ich kann wieder sprechen und sage, das sei jetzt wichtig für mich.

Wie immer öffnet er die Autotür, ich steige aus. Wie immer möchte er meine Hand küssen, doch ich frage ihn, wann es denn losgehen werde.

Er sagt: »Morgen, ich fahre morgen.«

Ich stehe da, lass meine Arme hängen und schaue zu Boden. Plötzlich weine ich, kann es nicht aufhalten. Da nimmt er mich in die Arme, hält mich fest.

»Henni«, sagt er, »Henni, bitte weine nicht.«

Und ich weine umso mehr.

Im Frühling schreibe ich einen Brief. Eine vollständige Adresse finde ich im Internet, auf der Website des Weingutes Schwarzenbach-Wartenstein.

Ich schreibe: Lieber Baron von Schwarzenbach, ich frage mich oft, wie es Ihnen gehen mag, und ich hoffe, es geht Ihnen gut. Weihnachten verbrachte ich bei meinen Eltern. Inzwischen habe ich Ludwig verlassen, den Laden ebenso. Seit Semesterbeginn studiere ich Rechtswissenschaft an der Humboldt-Universität in Berlin. Ich komme gut damit voran, finde das Studium interessant und lerne intensiv. Ab und zu besuche ich meine Eltern in Stendal. Sie sagen, dass Jura ein Studium mit guten Berufschancen ist. Sie sind beide Metzger. Wir haben zu Hause eine Metzgerei. Ich vergesse Sie nicht, lieber Baron, und ich würde Sie gerne, wenn es Ihnen recht ist, besuchen. Nach Ostern vielleicht? Über ein Wiedersehen würde ich mich unendlich freuen. Ich denke oft an Sie und grüße Sie von Herzen, Henni.

Eine Woche später erhalte ich eine Antwort.

Sehr liebe Henriette, ich freue mich, dass Sie auf dem Weg zur Juristin sind. Ihre Berufswahl hat mich tief

bewegt! Leider bin ich hier aus gesundheitlichen Gründen
festgehalten, nicht meinetwegen, doch meine Schwester
braucht meine Hilfe. Ich hätte Sie, liebe Henriette, gerne wiedergesehen, doch meine Situation ist einem Gast
nicht zumutbar, und in dem alten Kasten, ich lege Ihnen
ein Foto bei, würde es Ihnen bestimmt nicht gefallen. So
bleibt mir eine glückliche Erinnerung an eine wunderbare Zeit, die mir ein liebenswertes Mädchen in meinen
alten Tagen schenkte. Ich werde die beglückenden Stunden mit Ihnen, liebe Henni, niemals vergessen und grüße
Sie als Ihr sehr alter Freund Carl.

Ich sehe mir das Foto an. Ein langgestrecktes, zwei-
stöckiges Gebäude mit zahllosen Fenstern und grauem
Walmdach steht frei auf baumlosem Wiesengrund. Wenige Sträucher hier und dort. Hinter dem Schloss steigt
das Gelände an, die Weinberge scheinen in den Horizont
zu wachsen.

Drei Monate später lese ich auf der Website des Wein-
gutes, dass Dr. jur. Carl Clemens Friedrich, Freiherr von
Schwarzenbach-Wartenstein, nach langer Krankheit auf
Schloss Wartenstein verstorben ist. Seine Schwester,
Freifrau Agnes von Schwarzenbach, und ein Neffe des
beliebten Hausherrn führen in Zukunft die Geschäfte.

Eine andere Zeit

»Nichts hat sich hier verändert«, sagt Isa. Sie lehnt sich im Stuhl zurück und blinzelt in das schattenwerfende Blätterdach der Platanenallee.

Armin trinkt Pastis mit Eiswasser. »Die Leute wären auch dumm, wenn sie die Idylle zerstörten, deretwegen man herkommt. Man sägt nicht den Ast ab, auf dem man sitzt.«

Isa zündet sich eine Zigarette an. »Sie erhalten ihre Traumplätze nicht allein der Touristen wegen, sie lieben ihre Umgebung selbst, genießen, was sie sich bewahren. Dass andere es auch genießen, bitte sehr, warum nicht, sollen sie es tun, man hat nichts dagegen einzuwenden, früher schon, heute nicht mehr«. Sie bläst Rauch zur hohen Wölbung des Platanendoms, die von winzigen Sonnenpfeilen durchschossen wird.

Armin versteht nicht. »Was meinst du mit früher schon, heute nicht mehr?«

»Na ja, die deutsche Sprache wurde nach dem Krieg in Frankreich nicht so gerne gehört, das wussten wir von

Katja. In diesem Bistro dort drüben auf der anderen Stra-
ßenseite saßen wir vor vierzig Jahren. Der Anstrich der
historischen Fassadenverkleidung war derselbe wie heute, dunkelgrün und glänzend. Nicht einmal die Farben
wechseln, aber die Menschen ändern sich, zum Glück.
Jetzt ist eine andere Zeit, a different time, un autre temps,
das spürt man. Der Kellner hier bedient uns sehr zuvorkommend. Ein junger Mann, eine andere Generation,
zukunftsorientiert, liberal.« Isa drückt ihre Zigarette in
den Aschenbecher.

»Du erinnerst dich so genau, das erstaunt mich immer
wieder.« Armin isst Vanilleeis, löffelt roten Sirup aus den
Tiefen der Glasschale.

»Ich weiß nicht«, sagt Isa, »vieles vergisst man, man-
ches nie. Doch wie könnte ich je dieses Bistro vergessen.
Nach einer schlaflosen Nacht im damaligen Schnell-
zug Paris-Marseille, dann noch mit einem Bummelzug
hierher, saßen wir morgens um sechs Uhr dort drüben
vor dieser grünen Vertäfelung. Das Lokal war noch geschlossen, es war sehr heiß, die Nacht hatte keine Kühlung gebracht. Wir setzten uns mit dem Gepäck an einen
der Tische und warteten darauf, dass jemand die grünen
Fensterläden öffnen würde. Wir warteten zwei Stunden,
zum Umkippen müde. Gunhild schlief im Sitzen ein,
den Kopf an die Wand gelegt. Endlich bestellte Katja
Kaffee und Croissants, bei einer ebenso verkatert wir-
kenden jungen Frau. Katja sprach fließend französisch.
Ich bestelle für alle, sagte sie, haltet euch vorerst zurück,
deutsch kommt hier nicht so gut rüber. Vera hat sich ge-
wundert, der Krieg lag immerhin achtzehn Jahre zurück.
Wir sind in Frankreich, hat Katja gesagt.«

Armin zieht die Schultern hoch.

»Hattet ihr Nachteile, besondere Erlebnisse?«

»Na ja, einmal hat mich ein alter Mann erschreckt. Wir zeichneten auf dem Dorfplatz eines Nachbarortes, saßen locker verteilt auf den Stufen einer Kirche, Katja etwas weiter entfernt auf einer niederen Mauer. Wir redeten laut, ich rief Katja etwas zu, wie »tolles Motiv hier« oder ähnliches. Da trat der Alte, er trug eine schwarze Baskenmütze, dicht vor meine nackten Füße und spuckte auf sie. Dann drehte er sich weg und ging schimpfend davon. Ich war schockiert. Zum Glück gab es einen Brunnen, dort wusch ich den Speichel des Mannes ab.«

Isa greift erneut nach einer Zigarette. »Eklig war das, total eklig. Am Abend konnte ich nichts essen, sie hatten Muscheln gekocht, ich trank nur Rotwein, aber reichlich.«

»Du hast nie darüber gesprochen«, wundert sich Armin. Eigentlich war das ja eine übergriffige Beleidigung, eine Schweinerei, durchaus strafbar, na ja, bei uns.«

»Ach, ich wollte nicht mehr daran denken, und damals haben wir das Erlebnis einfach weggelacht. Alte Leute, sagten wir uns, besonders alte Männer sind oft schwierig, frustriert, freudlos. Was der Alte sagte, hatten wir auch gar nicht verstanden, nicht einmal Katja. Wahrscheinlich war er darüber empört, in welch luftigen, in seinen Augen unzüchtigen Sommerkleidern wir auf den Stufen seiner Kirche hockten.«

Isa inhaliert besonders tief, legt den noch glimmenden Stummel zum anderen in den Aschenbecher, tröpfelt Mineralwasser darüber. Eine braune Pfütze entsteht. Armin findet die kleine Sauerei im Aschenbecher nicht vertretbar und saugt die Pfütze mit seiner Papierserviette auf.

»Das geht doch nicht, also wirklich!« Er schiebt das Papier über den Stummeln zusammen und legt es als ein feuchtes Päckchen auf den Unterteller der Eisschale. »Wenn schon deutsch, dann ordentlich deutsch, mit Gruß an die Küche«, sagt er und wischt den Aschenbecher mit Isas Serviette blank. Sie sehen sich an. Isa schüttelt den Kopf.

»Du hast keine Ahnung, wie sich fremde Spucke auf der eigenen Haut anfühlt, wie eine schleimige Schnecke, wie eine Qualle, wie Blutegel, und dann kochen sie noch Muscheln. Oh Gott, jetzt kommt es mir so vor, als wäre es gestern passiert. Nie wieder werde ich Muscheln essen.« Sie schüttelt sich, lacht.

»Im Grunde war es eine schlimme Verletzung«, sagt Armin. »Verletzungen müssen nicht durch die Haut gehen, es muss nicht bluten. Die Verachtung des alten Mannes war ja auch nicht ohne, und dann hat es nur dich getroffen, die anderen nicht.«

»Ja, stimmt. Diese Frage habe ich mir damals auch gestellt. Warum bespuckte er ausgerechnet mich? Ich fühlte mich persönlich betroffen, soweit erinnere ich mich. Anfangs machte ich mir darüber Gedanken, später nicht mehr, und heute muss ich es nicht mehr wissen.

Isa will diese Erinnerung jetzt einfach nicht haben, möchte aufbrechen, ein bisschen umherschlendern. Es gab damals ein Geschäft, speziell für Künstlerbedarf, mit einer bescheidenen Auswahl an Pinseln, Farben, Stiften und Papier, aber auch Strohhüten, Tüchern, Taschen, luftigen Hänger-Kleidern mit Spaghettiträgern, die man nur hier, nicht mehr zuhause trug. Sie hatte sich dort solch ein Flatterfähnchen gekauft, mohnrot und ein

bisschen transparent, hatte es ständig getragen und zusammen mit einem Strohhut à la Van Gogh ihren persönlichen Provence-Stil kreiert. Der Strohhut hatte sich
erst im Lauf der Jahre aufgelöst, doch das Kleid erlebte
keinen weiteren Sommer.

»Ich möchte nach einem bestimmten Laden suchen«,
sagt sie, »er befand sich am Ende der Allee, es wäre toll,
wenn es ihn noch gäbe.«

Armin bezahlt, legt Trinkgeld auf den Tisch.

»Merci beaucoup«, sagt der junge Mann und »einen
schönen Nachmittag wünsche ich Ihnen.« Er lacht. »Ich
studiere hier, ich komme aus Dortmund und bin Fan von
Borussia. Machen Sie Urlaub?«

»Wir versuchen es«, sagt Isa. »Wir sind erst gestern
angekommen.«

»Na, dann viel Erfolg. An der Gegend soll es nicht
liegen, es ist schön hier. Vielleicht sieht man sich wieder, es würde mich freuen. Bonnes vacances.« Er eilt zum
nächsten Tisch.

Das Geschäft gibt es nicht mehr. Isa ist unsicher, an welchem Ende der Allee es sich befunden hatte. Sie gehen
einmal hin und her, aber nein, es ist verschwunden.

»Vierzig Jahre«, sagt Isa, »sind eine lange Zeit. Die
damalige Besitzerin war eine ältere Frau gewesen, wahrscheinlich lebt sie nicht mehr.«

Ein kleiner Klamottenladen hat geöffnet. An einem
Gestell neben der Eingangstür hängen Blusen und Kleider auf Bügeln. Isa schiebt sie hin und her, hält eine Bluse in die Höhe, hält sie sich vor die Brust. »Was meinst
du, soll ich sie nehmen?« Die Bluse ist weit geschnitten,

aus zartblauem Batist und an den halblangen Ärmeln mit Blüten bestickt.

»Wunderbar«, sagt Armin, »klar nimmst du sie. Sie ist schön, sie passt zu deinen blauen Augen.«

Isa legt die Bluse über ihren Arm. Sie betreten die Boutique. Räucherstäbchen schwelen in einer ovalen Schale. Es duftet nach Sandelholz, Lavendel und Rosenöl. Angenehm dämmrig und kühl ist es hier. »Bon Jour«, sagt eine junge Frau. Sie ordnet Freundschaftsbändchen in einem flachen Weidenkorb in farblich verwandte Gruppen. Sie wendet sich Isa zu und nimmt die Bluse entgegen. »You want to buy this?« Isa versucht es mit ihrem Schulenglisch. »Yes, I want to buy, but we also would like to look around." Armin entdeckt Strohhüte, Isa Silberketten, sie lässt sie durch die Finger gleiten. Armin findet einen Hut, der ihm gefällt und passt. Ein Wandspiegel bestätigt zudem, dass ihm der Hut hervorragend steht. Er dreht sich Isa zu. »Was sagst du?«

»Kauf ihn dir. Er sieht gut aus, und eine Kopfbedeckung brauchst du hier.«

»Er gefällt dir?«

»Er gefällt mir. Es ist nicht derselbe, aber er gefällt mir.«

Die Verkäuferin faltet die Bluse in ein kleineres Format, legt sie in eine Papiertasche, den Hut auf die Bluse und schlägt um eine feingliederige Silberkette blaues Seidenpapier. Armin bezahlt. Die junge Frau lächelt, deutsch spricht sie nicht. »Have a good day« und natürlich, »au revoir, merci beaucoup.«

Draußen nimmt Armin den Hut aus der Tasche und setzt ihn gleich auf. Aus Baststroh geflochten, fühlt er sich leicht und luftig an. Armin streckt sich. »Ein Hut

verlangt einen aufrechten Gang, es ist zwar keiner aus
Panama, trotzdem, Hüte machen Männer«, witzelt er
und schreitet in großen Schritten davon. Isa lacht und
hat Mühe zu folgen.

In einem Supermarkt außerhalb der Stadt kaufen
sie Vorräte für den Abend ein, Käse, Oliven, Tomaten,
Schinken, eine luftgetrocknete Salami, Baguette-Brot
und Wein. Sie werden am Abend zu viert sein, Regine
und Heinz kommen heute an. Zusammen bewohnen sie
drei Wochen lang ein geräumiges Appartement in einem Weingut am Fuß der Berge des Petit Luberon. Die
Besitzer sind Deutsche, die sich den Traum vom Leben
im Süden erfüllen.

»Ich wäre heute Abend ganz gerne noch allein«, sagt Isa.
Sie überqueren die Durance, fahren eine kurze Strecke am Fluss entlang. Lavendelfelder, Weingärten, und
immer die waldreiche Bergkette des Luberon im Blick.
Die Hitze des Tages brütet über dem Land. Isas Fußge-
lenke spannen, sind leicht geschwollen.

»Die Beine hochlegen und an nichts mehr denken,
das wäre jetzt mein größter Wunsch.« Sie hält den Arm
aus dem Autofenster, hofft auf Kühlung. »Das kannst
du tun, auch wenn Regine und Heinz im Haus sind. Du
musst weder reden noch denken, das besorgen die beiden schon. Während sie ihre Reise in allen Einzelheiten
schildern, kannst du zusammen mit einem Glas Rotwein
durchaus in geistige Quarantäne gehen. Sie merken
nicht einmal, wenn man schweigt.«

Isa lacht. »Stimmt, sie fallen sich auch gerne ins Wort,
jeder weiß besser, was der andere sagen will. Manchmal

sind sie wie Kinder, ah, das wird eine anstrengende Zeit mit den beiden.«

»Nicht anstrengender als sonst«, sagt Armin. »Es ist ja nicht der erste Urlaub, den wir mit ihnen verbringen.«

»Vielleicht sollten wir irgendwann allein verreisen. Es würde mir gefallen.«

Armin legt seinen Arm auf Isas Schulter, linke Hand am Steuer.

»Wir sind gleich da. Dort oben grüßt schon die Ruine, ein Leuchtturm für unkundige Reisende.« Er verlässt die Landstraße, fährt einen staubigen Weg bergauf und sieht schon von weitem vor dem Gutshaus den Land-Rover der Freunde stehen.

Regine und Heinz, erst vor einer guten Stunde angekommen, sind bereits bestens mit den Hausbesitzern bekannt, dazu perfekt eingerichtet und haben geduscht. Sie duften beide nach Zitrone. Regine hat die Haare in einem lockeren Knoten hochgesteckt. Sie breitet die Arme aus. »Lasst euch drücken, ihr Lieben, kommt an mein Herz.« Sie hängt an Armin, wechselt zu Isa und presst sie an sich.

»Mein Gott, wie schön es ist, euch zu sehen, vor allem nach dieser Fahrt. Ich kann euch sagen!«

Sie sagt es vorerst nicht, verspricht aber einen ausführlichen Bericht beim Abendessen, denn es ist eine lange Geschichte, so lang, wie die Fahrt selbst und nicht mit wenigen Worten zu erzählen. Heinz entkorkt Rotwein. Armin bringt Gläser.

»Einen Schluck zum Einstand, den haben wir uns verdient«, sagt Heinz. »A notre santé!« Er kann ein bisschen französisch, hat vor dem Urlaub in der Volkshochschule seine Kenntnisse aufgefrischt.

Sie essen auf der Terrasse ihrer Ferienwohnung. Armin deckt an einem langen Holztisch auf. Keramikteller in kräftigen Farben begeistern Regine. Sie will unbedingt nach diesen oder ähnlichen Tellern hier suchen. Schon ewig schweben ihr solche vor. »Nicht wahr, Heinz, ich rede schon lange von solch einem Geschirr.«

»Und nicht nur davon.« Das war ihm jetzt so rausgerutscht, doch Regine kichert und findet es lustig. »Da hast du wirklich einmal recht.«

»Gut, dass wir den Rover haben«, sagt Heinz, »ich sehe uns schon vollbepackt mit Töpferwaren und anderen Fundstücken nach Hause fahren.« Er öffnet einen weiteren Knopf seines dunkelblauen Kurzarmhemdes.

»Warm ist es hier noch am Abend«, findet er, greift dann ordentlich zu, legt Schinken, Wurst und Käse auf seine Keramikware und vermisst Mayonnaise in der Tube. »Habt ihr keine Mayonnaise?«

»Kommt morgen«, verspricht Armin. Dann erinnert er Regine an ihren Reisebericht und gießt Wein in Isas Glas. Er schiebt einen leeren Stuhl zu ihrem Platz. »Leg doch deine Beine hoch.« Isa lacht.

Marlene und Roland, die Besitzer des Weingutes, überraschen die Runde mit einer Schale Trauben und Kuchen. Sie steuern zudem zwei Windlichter zum Gelingen des Aufenthalts in ihrem Hause bei, die Kerzen brennen schon. Zu ihren Gästen möchten sie sich heute nicht setzen, vielleicht ein andermal. Der erste Abend gehöre den Besuchern allein, so sei es Brauch. Sie winken und ziehen sich diskret zurück. Regine meint, die beiden identifizierten sich vollkommen mit Land und Leuten hier, bemühten sich um die französische Staatsbürgerschaft und nennen sich Marl und Rol. Ihr Nachname sei blöderweise Huber, aber na ja, auch der ließe sich problemlos in Übär verwandeln. Armin und Heinz lachen, und Isa wundert sich über den tiefen Einblick in die Lebensweise der Hubers, den Regine sich in so kurzer Zeit verschaffen konnte. »Was du schon wieder alles weißt!«

»Tja«, sagt die, »einmal Paparazza, immer Paparazza.« Regine arbeitete jahrelang für eine Frauenzeitschrift im Regenbogenbereich. Dann beginnt sie mit ihrem Reisebericht und Isa schaltet auf Minimalempfang, trinkt dabei ein zwei Gläser zu viel.

Zum ersten Frühstück auf der Terrasse erscheint Isa mit großer Verspätung. Sie hat schlecht geschlafen, schlecht geträumt. Das berühmte Licht der Provence schmerzt in den Augen, trotz des Schattendaches einer Platane. Sie setzt sich auf einen Stuhl mit Blick zur Hauswand. Die anderen trinken bereits ihren letzten Schluck Kaffee. Armin geht in die Küche und setzt noch einmal die Kaffeemaschine in Gang. »Sie ist etwas lahm, es wird dauern, wir wussten nicht, wann du kommen würdest.«

»Gut geschlafen?«, fragt Heinz und grinst. Isa antwortet nicht, sie wünscht im Augenblick keinerlei Beachtung, von niemand.

»Schlecht gelaunt im Paradies?«

Regines unbarmherzige Frage macht Isa wütend. Sie will rauchen, doch die anderen protestieren. »Bitte nicht jetzt«, sagt Heinz, »die Luft hier draußen ist gerade so herrlich, das musst du verstehen.« Er atmet sie mit Wohlbehagen ein und öffnet die Arme. Isa legt die Zigarette beiseite. Sie versteht, alles klar. Armin gießt Kaffee in

Isas Schale, die keinen Henkel hat wie alle Kaffeeschalen auf diesem Tisch und in ganz Frankreich. Sie fasst mit beiden Händen an den Topf, stellt ihn sofort zurück und klagt. »Zu heiß.« Ihre ersten Worte an diesem herrlichen Morgen.

»Jemand hat Isa auf die Füße gespuckt«, erklärt Armin, um Isas Missstimmung zu entschuldigen. Regine spitzt sofort ihre Ohren. Armin weiß, er hätte das nicht tun sollen, ganz und gar nicht. Er weiß es in dem Moment, als er es sagt. Aber er ärgert sich über Isas Laune, mein Gott, das kann man ja wohl verstehen. Sie verdirbt, wenn sie so weiter macht, allen den Tag. Dann rudert er zurück.

»Das ist schon lange her, aber gestern ist es Isa wieder eingefallen, stimmt doch was ich sage, oder?« Isa sagt gar nichts, versucht es nochmal mit dem Kaffeetopf.

Regine ist angebrannt, will es genauer wissen. »Berufsneugier«, sagt sie. »Was war da, komm erzähl doch mal. Ich hörte noch nie, dass jemand einem anderen auf die Füße spuckte.«

Isa kann den Topf jetzt halten, gierig trinkt sie ihn halb leer. Es geht ihr besser und sie überlegt. Sie hat keine Lust über die Vergangenheit zu reden, doch nichts zu sagen ist hier keine Lösung. Regine wird keine Ruhe geben, bis sie die Geschichte weiß. Sie kann auch nicht drei Wochen lang die schwierige Isa spielen, der man nicht zu nahekommen darf, das wäre unsozial, denn alle haben sich auf diesen Urlaub gefreut. Außerdem ist es eine sehr alte Geschichte, eine Anekdote, eine Story, sie passt hierher, weil sie hier passierte, und Isa gibt sie zum Besten.

»Also, das ist aber schon ein Ding«, sagt Regine. »Wenn ich mir vorstelle, ein Mann spuckt mir auf die Füße!« Sie schüttelt sich. »Wo war das denn genau, wie hieß das Dorf nochmal?«

Isa hatte den Namen noch nicht verraten, nur von einem Dorf gesprochen. »Es war in Vauvenargues, in der Nähe von Aix«, sagt sie. »Picasso besaß dort ein Schloss, es ist noch im Besitz seiner Familie, soviel ich weiß, ist er dort sogar begraben.«

»Aber ihr wohntet in einem anderen Ort, habe ich das richtig verstanden?« Regine ist fasziniert und stellt geschickt ihre Fragen. Heinz verschränkt die Arme, lehnt sich entspannt in seinem Stuhl zurück. Er liebt interessante Geschichten.

»Wir wohnten in Les Bonfillons, wenige Kilometer außerhalb von Aix. Zum Einkaufen wanderten wir manchmal zu Fuß in die Stadt, aßen Eis am Cours Mirabeau.«

»Erst gestern waren wir in Aix, dort hat sich Isa wieder an den Vorfall erinnert«, sagt Armin.

»Oh, ihr wart in Aix? Hört zu, ich möchte unbedingt dorthin, auch in das Picasso-Dorf, und Isa, du zeigst uns alles, die Stelle, wo der Alte spuckte, das Schloss, Picassos Grab, und den Mont Sainte- Victoire sieht man auch, sagst du, Cezannes Berg?«

Regine ist hingerissen von der Idee, sofort aufzubrechen und loszufahren, was Isa befürchtet hatte.

»Heute fahre ich auf keinen Fall so weit«, sagt Isa. »Meine Beine sind immer noch geschwollen. Es ist die Hitze, die macht mir zu schaffen, an die muss ich mich erst einmal gewöhnen, bin schließlich nicht mehr die

Jüngste. Wir könnten nach Lourmarin fahren, in eines der schönsten Dörfer Frankreichs, wie mein Reiseführer behauptet, außerdem liegt es ganz in unserer Nähe.«

Armin stimmt sofort zu. Er ist froh, Isa ist wieder eingerastet. Er kennt sie als fröhlichen, unternehmungslustigen Menschen, der gerne in Gesellschaft ist. Es wird also doch ein schöner Urlaub werden.

Lourmarin übertrifft Regines Vorstellung von provenzalischer Lebensart noch um einiges. Ein Dorf wie für Provence-Verliebte erbaut. Ein Turm in der Ortsmitte, um den sich die Gassen wie in einer Spirale aneinanderreihen. Brunnen, in die vor allem Kinder ihre Hände tauchen, blaue Fensterläden an hellen Hausfassaden, Blühendes, hochkletternd bis unter die Dächer, Tische und Stühle vor kleinen Lokalen und natürlich Geschäft an Geschäft. Ein Einkaufsparadies für Gourmets, für Liebhaber stilvollen Wohnens und eines schöneren Alltags. Kunst und Kunstgewerbe kann an jeder Ecke entdeckt und erstanden werden. Regine schwelgt, jauchzt laut, kauft ein. Isa begleitet sie. Heinz und Armin trinken an einem kleinen schattigen Plätzchen Pastis. Armin trägt seinen Strohhut aus Aix, den Heinz bewundert. »Ob ich hier einen ähnlichen finde?« Sie winken. »Lasst euch ruhig Zeit, wir kommen klar.« Inzwischen trägt Isa eine von Regines Einkaufstaschen. Schwer ist sie nicht, eine Tagesdecke, blau-gelb und kleingemustert mit Lavendeldekor, kann sie gewichtmäßig stemmen. Sie denkt an Albert Camus. Ob sie den Gang zu seinem Grab noch schaffen?

Es gelingt ihnen nicht, den etwas abseits des Ortes gelegenen Friedhof zu besuchen. Sie treffen Armin und

Heinz. Im Gewirr der Gassen suchen sie ihre Frauen, sind auffallend glücklich sie zu sehen, denn sie haben Hunger. Sie essen eine Tafel für vier, gebratenes Lamm mit Gemüse, sitzen in der Weinlaube eines Speiselokals. Sie trinken leichten Weißwein und verfolgen den Touristenstrom, der sich durch die Gasse schiebt. Isa ist müde und möchte zurück ins Quartier.

»Ich sag es gleich, den Friedhof schaff ich heute nicht mehr, aber Camus läuft uns ja nicht weg. Wir sind noch länger hier und Lourmarin ist nicht weit. Wir können noch einmal herkommen. Das Schloss ist auch sehenswert, zwei Baustile ineinander verhakt, in stilistischer Einheit, eine Seltenheit.«

»Du hast dich informiert«, sagt Heinz bewundernd.

»Ja, steht alles in meinem Führer, ich habe ihn immer dabei.«

Am Spätnachmittag liegt Isa auf einer der Gartenliegen, die Rol für seine Gäste bereitgestellt hat. Sie ist barfuß, gut für ihre geschwollenen Beine. Sie blickt in grünes Hügelland, über Weinstöcke und Zypressen, sieht weder Zäune noch Mauern. Das Huber-Grundstück ist zu groß, um eingezäunt zu sein, der Übergang vom Garten ins Umland nicht erkennbar. Ein Zedernbaum gibt ihr Sonnenschutz.

Sie gleitet in das Zwischenreich von Wachsein und Schlaf, träumt, sie habe sich in den engen Gassen eines fremden Ortes verlaufen, irre zwischen Häusern ohne Fenster und Türen umher und sitze plötzlich mit Vera, Gunhild und Katja in einem Taxi nach Les Bonfillons.

»Das Chateau ist kein Märchenschloss«, sagt Katja und lacht überlaut, als käme ihr Lachen aus einem

Megaphon. »Eigentlich ist es ein alter Kasten mit dicken Mauern, im Sommer kühl, im Winter kalt. Der Teil, in dem wir wohnen, ist normalerweise nicht bewohnt, es gibt ja auch keine Toilette dort.«

»He, das ist neu, das hast du uns noch nicht gesagt, wohin sollen wir dann pinkeln gehen?«, will Gunhild wissen.

»Das zeig ich euch, wenn wir da sind, alles kein Problem«, verspricht Katja. Sie war schon einmal zu Gast im Schloss und ist befreundet mit Blanche, der Tochter des Hauses.

»Ohne Klo, das geht doch nicht und war nicht vereinbart.« Isa ekelt sich vor vielem, und nun das!

Vera sagt gar nichts. Sie schaut ins Land und sieht in der Ferne einen Berg näherkommen, den sie von berühmten Bildern kennt, den Mont Sainte-Victoire. Er wird riesengroß, das Taxi rast auf ihn zu, dringt in ihn ein und bleibt im Dunkeln stecken.

Isa erwacht, liegt nassgeschwitzt auf ihrer Liege und muss dringend auf eine Toilette. Im ersten Moment weiß sie nicht, wo sie eine solche finden würde. Soll sie auf die Wiese gehen oder die Straße hoch zum Häuschen? Sie hört Stimmen, Lachen, das Klappern von Besteck. Benommen setzt sie sich auf, ist verwirrt, dann hört sie Armins Stimme. »Ich glaube, unsere Langschläferin ist wieder unter den Lebenden.« Langsam steht Isa auf. Die Männer decken den Abendbrottisch. Regine legt geblümte Papierservietten aus Lourmarin in die Teller. »Sieh mal Isa, passen sie nicht wundervoll zu diesem Geschirr. Gut, dass ich sie gekauft habe.«

»Ich bin gleich bei euch, ich muss nur eben mal.« Isa geht ins Haus, findet problemlos die WC-Tür in ihrer perfekt eingerichteten Ferienwohnung.

Armin und Heinz haben bei Marl Wein gekauft. Sie hält exzellente Sorten der Region auf Lager für ihre Gäste und wenige Nachbarn, die ihrem Geschmack vertrauen, Weinprobe inbegriffen. Die beiden sind bereits in ausgelassener Stimmung. Armin riecht am Korken und spielt mit dem ersten Schluck in seinem Mund, nach Art des Kenners.

Isa will heute nur Wasser trinken. Das kleine Besäufnis von gestern und dieser verrückte Traum machen ihr zu schaffen. Sie möchte einen klaren Kopf behalten, überlegt sogar, das Rauchen einzustellen, heute auf jeden Fall, bei dieser Hitze sowieso und vielleicht ein für alle Mal. Für ihre Beine wäre es ein Segen, für anderes auch. Sie knabbert Oliven und sticht einen Käsewürfel auf ein Holzspießchen.

»Ihr hattet keine Toilette im Haus?«

Regine kann es noch immer nicht glauben, was Isa soeben beim Abendessen erzählte. Sie hatte auf eine Fortsetzung der Spuck-Geschichte gedrängt, und Isa hatte ihren Traum geschildert, hatte versprochen, später dazu mehr zu sagen, denn beim Essen wolle sie nicht über Kloprobleme reden. Davon wollen jetzt alle begierig hören, ungeschönt und wahrheitsgetreu. Heinz räumt den Tisch ab und öffnet eine weitere Weinflasche, Armin zündet die Kerzen in den Windlichtern an.

»Am Anfang war es schwierig, sich nachts in die Wiese hinter das Schloss zu setzen. Wir gingen immer zu zweit, weckten einander. Wir hatten uns ein rotierendes

System ausgedacht, jede Nacht hatte eine von uns Toi-
lettenbegleitdienst. Im Schlafzimmer standen vier Bet-
ten, weißlackierte, etwas instabile Eisengestelle. Sie sahen aus, als stammten sie aus Restbeständen eines aufge-
lösten, alten Krankenhauses. Das Zimmer im Oberstock
war sehr groß, eher ein Schlafsaal, von der Breite des
Gebäudes. Vor bodentiefen Fenstern hingen weiße Nes-
selstoffvorhänge. Die waren schön und zauberten mildes
Licht in den Raum. Über eine tiefschwarze Holztreppe
stieg man ins Erdgeschoss hinab. Dann mussten wir
durch die große Küche mit Sichtmauerwerk, offenem
Kamin und einer niederen Rundbogentür, die in den
ehemaligen Weinkeller führte. Danach ging es durch ein
Nebenzimmer, von diesem in einen ummauerten Hof
mit einer kleinen Holztür, dem Ausgang ins freie Land.
Endlich standen wir auf jener Wiese, auf der wir das tun
konnten, was so dringend vonnöten war.«

Heinz lacht dröhnend. »So eine Scheiße«, glaubt er
im Falle dieses Themas sagen zu dürfen und trifft damit
den eigentlichen Kern des Problems.

»Ja«, sagt Isa, »für den massiveren Vorgang stand uns
die Gemeindetoilette straßenaufwärts am Ortseingang
zur Verfügung, ein gemauertes, ausgerechnet braun ge-
strichenes Häuschen mit zwei Kabinen, eine für Femmes,
eine für Hommes. Sitzen konnten weder die Frauen
noch die Männer. Man stand mit gegrätschten Beinen
auf erhöhten Tritten. Unsicher Stehende konnten sich an
Griffen halten, und dann ließ man es laufen, oder eben,
na ja, wie soll ich sagen?« Isa ringt nach dem passenden
Wort, dann schreien Armin und Heinz wie aus einem
Mund »plumpsen« und lachen sich kaputt.

»Es ist schon komisch«, sinniert Isa, »an was sich der Mensch gewöhnen kann. Nach wenigen Tagen verloren wir jede Hemmung, pinkelten ins Land, wo immer es sich anbot, und erzogen unseren Verdauungstrakt nach strengen Regeln. Morgens nach dem Frühstück besuchten wir die Kabine für Femmes, nutzten ungeniert auch jene für Hommes, und erlaubten unserem Darm nicht, zu Unzeiten ein Geschäft anzumelden. Auch unsere Blasen hatten verstanden. Nachts wird geschlafen und nicht gewässert. Es funktionierte. Wir hatten einen gesunden Schlaf und am Tag viel Spaß.«

»Ach, das klingt so gut. Ich beneide dich um das Erlebnis, und eine tolle Geschichte ist es auch«, sagt Regine. Sie hatte kein Verlangen, von sich zu reden, von ihren Wünschen, ihren Kümmernissen, ihren Reisen, Anschaffungen, Arztbesuchen und Haarproblemen. Ewig könne sie Isa zuhören, gesteht sie den Freunden, und überhaupt sei sie glücklich solche zu haben, mit ihnen an diesem Tisch zu sitzen, essen, trinken und feiern zu dürfen. »Wer hat schon solche Freunde«, fragt sie in die Runde.

Armin denkt, gleich wird sie weinen. »Regine, warte mal ab, der Urlaub fängt gerade erst an, wer weiß, was kommt, und ob wir uns am Ende nicht die Augen auskratzen.«

In den nächsten Tagen ist es nicht mehr so heiß. Isas Beine schwellen ab. Sie raucht keine einzige Zigarette und fühlt sich wie neugeboren. Sie planen eine Wanderung mit gemeinsamer Fahrt im Rover nach Bonnieux. Sie stehen abfahrbereit vor dem Auto und warten auf Heinz. Es sei immer dasselbe mit ihm, sagt Regine, er könne einfach nicht pünktlich sein. Sie ist passend sportiv gekleidet. Zur knielangen Hose trägt sie ein türkisfarbenes Poloshirt, türkisfarbene Schweißbänder an den Handgelenken und über der Stirn, außerdem erstklassige Markenschuhe mit einer dicken, federnden Sohle. Auf diesen dicken Sohlen wippt sie hin und her, hüpft einige Male hoch, stemmt die Hände in die Hüfte und wirft die Beine zur Seite und nach vorn. Ja, sie ist gut trainiert, gut vorbereitet. Das dürfen jetzt alle sehen, und einige Jahre jünger als Isa ist sie auch.

Isa geht auf und ab, drückt ihre Fäuste in den Rücken. Aufrecht stehen ist für sie nicht immer selbstverständlich, und längeres Laufen strengt an. Sie geht deshalb mit Wanderstöcken, stellt diese schon mal auf die passende Höhe ein. Regine hüpft noch immer, weil Heinz zurück in die Wohnung gehen muss, um seine Sonnenbrille zu holen. »Sie liegt im Bad«, ruft sie ihm hinterher und macht ganz schnell den Hampelmann, Beine grätschen, Hände über dem Kopf zusammenschlagen. Endlich gibt sie Ruhe und steigt ein. Armin und Isa warten bereits auf dem Rücksitz. Heinz setzt seine Sonnenbrille auf, nicht irgendeine vom Drehständer der Drogerie, nein, diese ist vom Optiker exakt vermessen, verändert ihre Tönung je nach Lichteinfall, war teuer und sorgt für optimale Weitsicht.

»Wo war sie jetzt, die Brille?« Regine ist sich nicht sicher, ob sie wirklich im Bad gelegen hat.

»Das wichtigste ist doch, dass ich sie auf der Nase habe«. Heinz fährt los.

Sie wandern. Armin und Heinz machen Tempo, mit einer abgesteckten Route im Kopf. Isa kommt mit Regine hinterher, der Abstand wird größer. Märchenwald, denkt

Isa, sie rennen durch einen Märchenwald und sehen ihn
nicht. Riesige Atlaszedern filtern das Licht zu einem Ka-
leidoskop aus hell und dunkel, das ständig in Bewegung
ist. Es flimmert zwischen den Stämmen und dem Na-
delschleier der Zweige. Mit ihren Wanderschuhen treten
sie auf Sonnenflecken, als liefen sie über Blattgoldfetzen.
»Oh ist das schön«, jubelt Regine, »bleibt doch mal stehen, ihr Rennläufer und schaut euch um.« Die Männer
bleiben stehen. »Was ist los«, ruft Heinz, »gibt es ein Problem?«

»Das ist los«, schreit Regine und wirft die Arme nach
oben zu den Baumkronen der Zedern.

»Ach so«, sagt Heinz. Er hatte eine Panne oder einen
Missstand befürchtet, ein stechendes Knie oder einen sen-
siblen Knöchel. Nun sieht er sich um, auch Armin schaut
nach oben. »Schön«, rufen sie und marschieren weiter.
Regine und Isa wechseln Blicke. »Kann man nichts machen«, sagt Isa. Sie ist froh über ihre Wanderstöcke. Der
Weg vom Waldparkplatz hierher war ordentlich bergauf gegangen. Jetzt laufen sie gemütlich geradeaus, und
Regine sagt: »Was habt ihr eigentlich gemacht damals
in diesem Chateau, außer, na, du weißt schon was ich
meine.«

Isa lacht. »Ja, erst die Notdurft dann das Vergnügen.
Aber im Ernst, wir wollten vor allem zeichnen und ma-
len. Wir studierten alle an der Kunstakademie, und Kat-
ja kannte das Chateau. So fuhren wir in den Semester-
ferien in die Provence. Katja hatte vorgesorgt und per
Express Leinwand, Keilrahmen, Farben und Pinsel aus
Deutschland vorausgeschickt, doch nur für sich selbst.
Ein großes Paket erwartete sie bei unserer Ankunft. Das

löste zunächst eine kleine Verstimmung aus. Wir anderen hatten an diese Möglichkeit leider nicht gedacht und beschränkten uns schließlich auf Papier und Stifte, die es in Aix in einem Laden zu kaufen gab. Katja zog gleich am ersten Tag allein los, mit Strohhut auf dem Kopf und aufgezogener Leinwand. Sie wollte keine Zeit verlieren, denn ihr Ziel war es, so berühmt zu werden wie Paula Modersohn. Am Abend zuvor hatte sie uns dieses ihr Geheimnis anvertraut, bei einem Glas Rotwein oder mehr.

Und wer kocht, hatte Gunhild gefragt. Ich esse selten oder gar nicht, hatte Katja gesagt.

Isa bleibt kurz stehen. »Regine, ich sag Dir, die ließ sich ganz schön bedienen, fand das auch noch in Ordnung und Gunhild kochte. Sie zauberte aus wenigem sehr viel. Kartoffeln, Nudeln, Nudeln Kartoffeln, ab und zu Reis, und immer dazu Ratatouille, den provenzalischen Gemüsetopf. Sie kochte Pudding, manchmal mit, manchmal ohne Klümpchen. Im Dorf gab es einen Lebensmittelladen. Sie kaufte ein, Vera und ich trugen die Zutaten nach Hause. Den Abwasch besorgten wir auch. Katja setzte sich gern an den gedeckten Tisch und ließ es sich schmecken. Eines Tages gab es Krach. Gunhild fauchte, Katja esse doch nur selten oder gar nicht und lebe von Kunst und Kunst. Gunhild hatte für sie keinen Teller aufgedeckt. Katja weinte, sagte, sie verstünde das jetzt nicht. Natürlich ließ Gunhild nicht locker, das kannst du dir denken. Was gäbe es da zu verstehen, sagte sie, wer essen will, sollte auch mithelfen.«

»Hat Katja das getan?«, will Regine wissen.

»Sie hat abgetrocknet, gespült hat sie nie.«

Armin und Heinz warten an einer Weggabelung. »Routenänderung«, meldet Heinz und steht stramm. »Frage, wollen wir noch weiter durch den Bergwald gehen oder den Weg am Fuß der Felsen nehmen. Auf diesem kämen wir zu einer kleinen Raststation, sie ist bewirtschaftet, wir könnten einkehren und uns stärken.«

Stärken wollen sich alle. Der Weg entlang der Felsen bietet einen herrlichen Blick über das Tal, den Isa leider nicht genießen kann. Im Grunde gefahrlos zu gehen, ist er an wenigen Stellen etwas schmal und ausgesetzt. Kein Problem für die meisten Wanderer, doch Isa geht ängstlich und dicht am Fuß der Felswand, kann deren beeindruckende Höhe mit keinem Blick nach oben bewundern und hält sich krampfhaft an ihren Stöcken fest. Regine springt leichtfüßig voraus. Armin geht vor Isa, besorgt um ihre Trittfestigkeit, und Heinz kommt stampfend und pfeifend hinterher.

Isa ist erleichtert, als sie die Hütte erreichen, eine aus Natursteinen erbaute ehemalige Schäferei. Sie sitzen im Freien, unter einem strohgedeckten Vordach und trinken Weißweinschorle.

»Was war jetzt eigentlich so schlimm für dich auf diesem Weg«, will Heinz beim Essen wissen. »Gefährlich ist die Strecke doch auf keinen Fall, sogar Kinder gehen dort, und nicht einmal an der Hand ihrer Eltern.« Er schneidet sich einen Bissen aus dem Hacksteak im Steinpilzbett, das vom Hüttenwirt als eine Spezialität seiner Küche angeboten wird.

Es ist eine Frage, die Isa erwartet und fürchtet. Sie kann sie nicht beantworten, das sagt sie auch. Das versteht nun Heinz überhaupt nicht. Er bohrt weiter: »Also,

mal objektiv gesehen war es doch ein ganz normaler
Weg und kein Klettersteig. Wenn du wüsstest, über welche Latten ich schon balancieren musste bei der Bun-
deswehr, über Hängebrücken, schmal wie ein Geschenk-
band, über streichholzdünne Balken von Ufer zu Ufer,
unter mir ein Abgrund, ein Seiltanz, aber ohne Balance-
stange. Im Vergleich dazu war unser heutiger Weg geradezu ein Traumpfad, den man blindlings gehen kann.«

Isa schweigt. Sie findet Heinz zum Kotzen und würde
gern eine rauchen. Sie bestellt einen Schnaps und schaut
auf ihre Armbanduhr. So schnell wie möglich möchte sie
nach Hause, sich eine Liege schnappen und sich damit
in den hintersten Winkel des Huberschen Grundstücks
verziehen.

Armin versucht Heinz das Phänomen der Platzangst
zu erklären. »Schon mal davon gehört?« Seine Stimme
klingt gereizt.

»Ja schon, klar kenn ich das. Ich will nur sagen, dass es
auf diesem Weg keine einzige wirklich gefährliche Stelle gibt, das muss doch jeder sehen.« Er schiebt Pilze auf
seine Gabel.

»Um was geht es dir eigentlich, kannst du das genauer erklären?«

»Armin, lass es«, bittet Isa, »wer es nicht verstehen
will, versteht es nicht.«

Regine wird nervös. Sie fürchtet um die gute Stimmung. »Leute«, sagt sie, »ich finde, wir sollten das Thema
beenden und genießen, was ist und was kommt. Trinken
alle einen Espresso?«

Auch auf der Heimfahrt sagt Isa nichts, Armin wenig. Regine macht Pläne für die nächsten Tage, redet

pausenlos, plappert die Stille im Auto nieder und läuft sprachlich zu ihrer gewohnten Hochform auf. Sie möchte nach Avignon, unbedingt. Den Pont du Gard sehen, wenigstens einmal im Leben. Die Felsenstadt Les Baux besichtigen, schon lange. Den Mont Ventoux besteigen oder mit dem Auto befahren, egal wie. Nach Marseille muss sie unbedingt, ans Meer, ans Meer, und zu Isas Ferienschloss auf alle Fälle, das sei für sie überhaupt das allerwichtigste, so wahr sie hier sitze.

An diesem Abend verschwindet Isa und legt sich quer auf das breite Bett im Schlafzimmer. Armin kommt hoch. »Was ist, wir sitzen unten und trinken Wein, die Hubers sind dabei, Marl hat eine Quiche gebacken.«

»Ich brauche meine Ruhe«, sagt Isa, »sonst dreh ich durch.«

Die Erinnerung an Les Bonfillons drängt immer heftiger in Isas Bewusstsein. War es gut, nach so vielen Jahren noch einmal hierher zu kommen, Urlaub zu machen, noch dazu mit Regine und Heinz? Sie grübelt, ob es einen Grund für ihre Beunruhigung geben könnte. War vielleicht damals etwas geschehen, von dem sie nichts mehr wissen will? Die Spuckgeschichte von Vauvenargues konnte es nicht sein, der alte Spinner macht ihr heute kein Kopfzerbrechen mehr, und sicher ist er längst gestorben.

Wieder fällt ihr Katja ein. An einem Abend hatte sie ihre Arbeiten in der Küche gegen die Wand gestellt und einige auf den großen Küchentisch gelegt. Sie wollte zeigen, wie fleißig sie bis jetzt gewesen war und möchte die Meinung der anderen zu ihrem Schaffen hören.

Ein Stapel unbemalter, weißer Bilder lag auch dabei, der Vorrat für die nächsten Tage. Gunhild und Vera besahen sich Werk um Werk. Isa erschrak über das wilde Liniengewirr aus braun, schwarz und grün, als Bäume irgendwie noch zu erkennen, Olivenhaine vielleicht, oder Dschungelbilder?

Gunhild machte hm. Vera sagte gar nichts, und Isa meinte, »Wahnsinn, was du in so kurzer Zeit auf die Leinwand bringst.«

»Welche gefallen euch denn am besten«, wollte Katja wissen. Dass den anderen nicht alles zusagt, was sie malt, kann sie sich denken, das ist normal, aber irgendeines ihrer Bilder muss doch ihre Zustimmung finden. »Seid ganz ehrlich«, bat sie, »mir hilft es, Meinungen zu hören, auch Kritik.«

»Weißt du was«, sagte Gunhild schließlich, »am besten gefallen mir die leeren Weißen.«

Katja sammelte wortlos ihre Bilder ein und verbrachte den Abend bei Blanche im Hinterhaus, das die anderen kein einziges Mal betreten durften. Es lief nicht gut zwischen Katja und Gunhild. Vera blieb neutral. Isa hielt sich zurück, so gut sie konnte. Sie kannte Katja am besten, war mit ihr gut befreundet, mit Vera und Gunhild ebenso und nun besorgt über die Entwicklung, welche die Beziehung der vier Frauen nahm. Ihr gefiel es nicht, wie Gunhild sich auf Katja einzuschießen begann. Doch sie tat nichts, um Gunhilds freche Reden zu stoppen.

Katja war zum Glück nie lange beleidigt. Isa sprach mit ihr über den Vorfall, sagte, dass ihr die Bilder gefielen und sie ihre Ausdauer bewundere. »Weißt du«, sagte Katja, »als Künstler musst du einstecken können.

Du darfst gar nicht danach fragen, ob anderen gefällt, was einem selbst am Herzen liegt. Ich habe einen Fehler gemacht, das ist es. Aber ich habe daraus gelernt.« Sie lachte. Katja lachte oft und laut.

Isa steht auf und geht ans Fenster. Von der Terrasse her hört sie Stimmen. Marl verrät soeben das Rezept ihrer Quiche. Es käme vor allem auf den Mürbteig an, der müsse so knusprig wie ein Weihnachtsplätzchen sein.

Beim Frühstück am anderen Morgen schlägt Regine eine Fahrt zum Pont du Gard vor. Isa will gern auf diese verzichten, vor allem auf den Rummel, der in den letzten Jahren dort eingesetzt haben soll. Sie wolle das fantastische Bauwerk so in Erinnerung behalten, wie sie es in der Vergangenheit erlebt habe. Da war es noch ohne Eintritt zu bewundern, ohne Touristenandrang. Eine Familie hielt Picknick am Ufer, Armin war zwischen den Brückenpfeilern durchgeschwommen. »Weißt du noch, Armin, unsere Hochzeitsreise. Auf der Fahrt nach Uzès saßen wir am Ufer des Gardon und hielten Mittagsrast.«

»Es gibt ein Foto von mir«, ergänzt Armin. »Mein weißer Hintern blitzt aus dem Wasser.«

Er möchte gerne wieder zum Gardon. Sie fahren zu dritt im Rover, wollen am späten Nachmittag zurück sein.

Isa räumt den Frühstückstisch ab. Anschließend besucht sie Marl in ihrem Kräutergarten. Die schneidet Thymian, umwickelt dicke Büschel mit Juteschnur. Bund für Bund legt sie diese in einen Weidenkorb, in dem sie trocknen werden. Übermorgen ist Markttag in Lourmarin. Marl hat dort einen kleinen Stand. Sie verkauft

Trockenkräuter und Lavendelsäckchen, die sie in ihrer Werkstatt, einem Holzschuppen hinter dem Haus, eigenhändig näht und mit Lavendelblüten füllt. Sie schenkt Isa einen Strauß Thymian. »Steck ab und zu die Nase rein, das bringt dich auf gute Gedanken.«

Die habe ich nötig, denkt Isa. Ihre Wut auf Heinz ist noch nicht verraucht. Ziellos geht sie durch Lavendelfelder. Die Blütezeit ist vorbei, er ist geschnitten, einzelne Rispen oder verlorene Garben liegen auf dem Boden. Isa sammelt sie ein und erhält einen stattlichen Strauß. Er duftet immer noch betörend, obwohl die Blüten eingetrocknet sind. Sie legt sich mitten ins Lavendelfeld, als wäre sie ein Teil von ihm, und schaut in die Wolken, die heute von einem leichten Wind über den Himmel geblasen werden. Sie erinnert sich an ihre ersten Empfindungen damals, nachdem sie in Les Bonfillons gelandet waren.

Es waren vor allem die Gerüche, die sie so begeistert und überrascht hatten. Sie machte mit Vera und Gunhild Spaziergänge in der Umgebung des Chateaus. Sie stiegen in die Hügel gleich hinter dem Haus, liefen auf roten, sandigen Wegen bergauf und zerkratzten sich die Beine im fast undurchdringlichen Maquis. Eine wuchernde Vegetation, in der sich Ginstersträucher, Wacholdergestrüpp und Zistrosen zwischen wilden Rosmarinstauden, Thymianbüschen und niederen Dornengewächsen den Platz streitig machten. Das ganze Land duftete, würzig, herb und süß zugleich.

Katja blieb daheim und malte Bild um Bild, täglich ein neues, im Garten der Schlossbesitzer, mit Blick auf

den Berg, Cezannes Berg. Isa, Vera und Gunhild bestie-
gen ihn. Sie wollten ihn besitzen und nicht nur aus der
Ferne bewundern. Unterhalb des Gipfels hatte Isa aufgegeben und auf die Rückkehr der Freundinnen gewartet.
Den letzten Anstieg traute sie sich nicht zu. Eher gab
sie auf, als an unvorhersehbaren Stellen, die Gunhild so
harmlos wie sonst nichts auf der Welt erschienen, in Pa-
nik zu geraten. »Jetzt sag doch mal, wo gibt es denn an
diesen breiten Stufen ein Problem? Geh einfach drüber«,
hatte die Freundin gesagt.

Zu dritt wanderten sie nach Le Tholonet auf einer
schmalen Straße, die abschnittsweise als Allee ersehnten
Schatten spendete. Isa mit Bildern eines ockerfarbenen
Gebäudekomplexes in neugotischem Stil im Kopf, den
Cezanne mehrmals gemalt und teilweise bewohnt hatte.
Wirklich bewohnt hat er das Chateau Noir nicht, wusste
Vera. Staffelei und Farben soll er dort eingestellt haben,
wenn er in Le Tholonet auf Motivsuche war. Das Chateau zu finden war nicht schwer. Es lag an der Straße
und war nicht zu übersehen. Sie überlegten, was es mit
seinem Namen auf sich habe, denn schwarz war es nicht.
Der Erbauer sei ein reicher Kohlehändler und Anhänger
des Okkultismus gewesen, sagte Vera, die sich im Vor-
feld der Reise mit Cezanne beschäftigt hatte.

Sie hatten ihre Skizzenbücher dabei und zeichneten.
Einige Frauen und Kinder sahen ihnen zu und nickten
beifällig. Die Kinder lachten, dann spielten sie lieber mit
ihrem Ball. In einer Laube, überwuchert von ineinander
verschlungenen Ranken rosafarbener Bougainville und
tiefblauer Klematis, tranken sie Weißweinschorle und
beschlossen, sich hier niederzulassen. Ein kleines Haus,

ein verlassener Schafstall, eine aufgelassene Werkstatt würde ihnen genügen. Wer einmal hier war, kann woanders nicht mehr leben, erklärte Isa. Sie meine das ernst, sehr ernst sogar. Aber ein Klosett müsse sein, sonst sei sie nicht dabei, hatte Gunhild verlangt.

Mit dem Mistral kam Egbert.

»Ich habe Egbert eingeladen«, hatte Katja am Abend vor seiner Ankunft verkündet. »Wie bitte?«, hatte sich Gunhild entsetzt, »das sagst du uns jetzt?«

Egbert kannten alle, doch mehr vom Sehen. Er studierte Bildhauerei an derselben Akademie und hatte zum Semesterende sein Studium mit einem großen Werkstück abgeschlossen. Sie hatten es alle besichtigt, ein aus Metallteilen zusammengeschweißtes Gebilde, das in der Aula aufgestellt worden war. Egbert hatte sein scharfkantig gezacktes, teils mit zerlöcherten, aufgebrochenen Rohren durchzogenes Werk ausführlich erläutert. Ein Abbild der inneren Zerrissenheit des Menschen und seines Lebenskampfes habe er versucht darzustellen, sei dabei selbst an die Grenzen seines seelischen Gleichgewichtes geraten und habe Mühe gehabt, dieses wiederzufinden. Danach hatte er ein, zwei Stücke auf seiner Flöte gespielt, dann die Fragen der interessierten Kommilitonen beantwortet, besonders jene von Katja.

»Und an diesem Abend hast du ihn dann eingeladen?«, vermutete Gunhild. Katja lachte verlegen. »Egbert hat mir von seiner Frankreichfahrt erzählt. Er wolle sich im Süden umsehen, sich anregen, einfach treiben lassen, und ich sagte, lass dich hierhertreiben, wir sind in Les Bonfillons. Gestern kam eine Karte, die gab mir Blanche, und morgen will er hier sein.«

»Na wunderbar«, sagte Gunhild, »und wo soll er schlafen?«

Vera befürchtete, er habe seine Flöte dabei, und Isa ärgerte sich grundsätzlich. Sie konnte Egbert nicht leiden.

Dieser kam gegen Abend, der Mistral hatte schon am Morgen eingesetzt. Er fuhr mit seinem Deux Chevaux direkt vor das Eingangstor des Chateaus und stand ohne zu klopfen auf einmal in der Küche. Gunhild und Isa schnippelten Gemüse für das tägliche Ratatouille, Vera schälte Kartoffeln.

Er warf einen grauen Seesack auf den Boden und zog die schwarze Baskenmütze vom Kopf.

»Hallo ihr, meine Karte ist hoffentlich angekommen, oder?«

»Ist sie«, sagte Gunhild.

Egbert sah sich um. »Und Katja, ist sie auch da?«

»Die Künstlerin arbeitet noch an ihrem Werk. Sie weilt in den provenzalischen Feldern hinter dem Schloss und wird demnächst zum Abendessen erwartet«, sagte Gunhild und wies mit dezenter Geste auf die Tür zum Nebenzimmer.

Egbert war irritiert. Den Ton kannte er nicht. Noch nie hatte jemand auf diese Weise mit ihm gesprochen. Im Augenblick fiel ihm nichts dazu ein, also setzte er sich erstmal auf einen Küchenstuhl und schlug die Beine übereinander. Die waren lang und mager, seine Jeans an einem Knie zerfetzt. Sein brauner Pulli löste sich an den Armenden auf, und Isa sah es sofort, seine Fingernägel waren schwarz gerändert. Er könne etwas auf seiner Flöte spielen, bot er an.

»Vielleicht willst du dir vorher die Hände waschen nach der langen Fahrt«, schlug Vera vor.

»Oh, die Fahrt heute war nicht lang. Ich war gestern schon in Aix, übernachtete in der Jugendherberge und schaute mir die Stadt an. Heute wurde es dann mit dem Mistral echt ungemütlich, und ich dachte mir, es wird Zeit für einen windstillen Platz.« Seine Hände wusch er nicht.

Im Nebenzimmer rauschte es, der Wind schlug die Küchentür auf, und Katja wehte es zerzaust und mit krebsroten Backen in die Küche. »Egbert«, rief sie und warf sich mit Begeisterung über ihn. Der Stuhl kippte leicht nach hinten, verfing sich aber wieder. »Wenigstens eine, die sich freut«, meinte Egbert und grinste. Die Köchinnen lächelten nicht, sie hatten das jetzt nicht gehört und taten konzentriert ihre Arbeit. Katja hatte immerhin im Hinterhaus Rotwein erstanden. Den habe sie diesmal geschenkt bekommen von ihrer Freundin Blanche persönlich, sagte sie stolz. Dann deckte sie unaufgefordert den Tisch, eilte hin und her mit Gläsern, Besteck und einer Wasserkaraffe, die bisher noch nie benutzt worden war. Eine unbekannte Seite kam da bei Katja zum Vorschein, das Hausfrauen-Gen schien plötzlich durchzuschlagen beim Anblick des trägen, sich wohlig auf seinem Küchenstuhl räkelnden, zukünftigen Bildhauers.

»Ah, riecht das gut«, schwärmte dieser, als Gunhild den Deckel des Kochtopfes hob.

Isa setzt sich auf. Ein grünlich schimmernder Käfer krabbelt an ihrem Bein hoch. Sie wischt ihn fort und steht auf. In den Haaren kribbelt es auch. Sie wirft den Kopf nach vorn und fährt mit den Händen durch ihre grauen

Locken, schüttelt sie aus. Etwas fällt zu Boden, was es ist kann sie nicht erkennen. Sie nimmt ihren Lavendelstrauß und geht zurück zum Haus, trinkt Wasser und zieht sich ihre Liege unter eine Pinie in der Nähe der Terrasse. Sie legt sich unter dem Schirmdach des Baumes zurecht, stellt die Wasserflasche in Reichweite ins Gras und verschränkt die Arme. Sie schließt die Augen und versucht, den losen Faden ihrer Erinnerung wieder aufzunehmen und nicht einzuschlafen in dieser Stille, in der nur die Zikaden das Sagen haben.

Egbert schlief im Durchgangszimmer neben der Küche. Ein Polstersofa in schlechter Verfassung bescherte Egbert keine schlaflosen Nächte. »Schlafen kann ich überall«, versicherte er. Dass seine Beine zu lang für das Sofa waren, störte ihn keinesfalls, auch nicht, dass die Frauen im Ernstfall in der Nacht durch dieses Zimmer schleichen mussten, um hinter dem Haus gewisse Kleinigkeiten zu erledigen. »Im Gegenteil«, sagte er und lachte unverschämt. Isa bemerkte, dass Egberts Zahnfleisch entzündet, geschwollen und stark gerötet war. Putzte er sich nie die Zähne? Und dann diese langen, strähnigen Haare! Bei den Mahlzeiten setzte sie sich in einem reichlichen Abstand zu ihm an den Tisch. Die Mädchen wuschen sich morgens am Spülstein in der Küche nach Absprache. Egbert verfügte anscheinend über einen sich selbstreinigenden Körper oder glaubte es zumindest. Ihre Waschordnung vor dem Frühstück wollte er jedenfalls nicht stören. »Ich spring mal unterwegs in einen See«, verriet er ihnen. Vielleicht tat er das. Manchmal fuhr er mit dem Deux Chevaux nach dem Frühstück los und

kam erst zum Abendessen zurück. Sein großes Skizzen-
buch lag auf dem Rücksitz. Er zeichnete mit fettem Bleistift, ohne zu radieren. Katja besah sich am Abend seine
Arbeit, begeisterte sich an unterschiedlich dicken Lini-
en, dichten Schraffuren, gepunkteten oder gestrichelten
Strukturen, die ein Motiv gerade mal ahnen, aber nicht
exakt erkennen ließen. Isa gestand sich ein, dass ihr die
Skizzen irgendwie gefielen.

Gunhild hatte Egbert mittlerweile als Dauergast ak-
zeptiert, obwohl er keinen Handschlag in der Küche tat,
sein Bett nicht lüftete und immer denselben Pullover
trug, auch als sich der Mistral verzogen hatte, und die
Temperaturen stiegen. »Er ähnelt meinem Bruder«, sagte Gunhild, »Dieter ist der gleiche Saubär.« Als Egbert
ihr schließlich eines Morgens anbot, sie mit dem Auto
auf den Gemüsemarkt nach Aix zu fahren, weil er neue
Bleistifte kaufen müsse, schloss sie Frieden mit diesem
unerwünschten Gast.

Vera hatte ein verlassenes Gut an der Straße nach
Vauvenargues entdeckt. Das verrostete Eisentor stand
offen, ein breiter Weg führte zu einem offensichtlich
unbewohnten Herrenhaus. Aus einer muschelförmigen
Steinschale rieselte Wasser in das davorliegende große
Becken, das mit breiten Marmorplatten eingefasst war.
Auf dem Wasser schwamm eine Decke aus Platanenblät-
tern, die sich hin und her bewegte, an manchen Stellen
aufriss und sich an anderen schloss. Die Bäume wuchsen
bis dicht an den Beckenrand. Niemand schöpfte die Blät-
ter ab, niemand lebte hier. Blanche wusste, dass die Besitzer nicht mehr lebten, der Erbe nach Kanada gezogen
sei und sich nicht kümmere.

An manchen Abenden wanderten die Mädchen zu
dem verlassenen Gut. Sie setzten sich an den Marmor-
rand und ließen die Beine im Wasser baumeln. Wein
und Gläser hatten sie im Rucksack mitgebracht. Sie redeten über Kunst, von den Dingen des Lebens und von
weniger Wichtigem. Wurde es dämmrig, zündeten sie
Kerzen an, spritzten mit den Füßen und sahen glitzern-
de Ringe im Wasser auseinanderlaufen. Manchmal san-
gen sie. Katja liebte Frère Jaques, und Isa summte Sur le
Pont d'Avignon, und wenn er aufging, bemühten sie den
Mond, den von Matthias Claudius.

Egbert kam auch mit. Seine langen Beine hingen tiefer im Wasser. Schadet auch mal nicht, dachte Isa, die
neben ihm saß. Er hatte sich in voller Absicht zu ihr gesetzt, natürlich ungefragt, obwohl Isa alles tat, um ihn
zu meiden, und er das längst spüren sollte. Ihre physi-
sche Abneigung gegen diesen ungepflegten Menschen
hatte sich im Lauf der letzten Tage noch verstärkt, sein
Schweißgeruch auch, der penetrant in seinen Kleidern
hing. Isa wollte aufstehen und stützte sich mit den Händen am Beckenrand ab. Egbert packte Isas linke Hand
und hielt sie fest. »Bleib da, du siehst aus wie eine Indi-
anerin. Du gefällst mir, ich würde dich gerne zeichnen,
weißt du.«

Egbert sagte nie viel, aber stets das, was er wollte, und
wann er es wollte. Isas lange Beine und Arme fand er
aufregend. Wenn sie so dasäße, bilde sie mit Armen und
Beinen hochinteressante Winkel, die ihn inspirierten,
meinte der Künstler, der Bildhauer.

Isa sagte: »Mal sehen.« Sie zog ihre Hand zurück und
trank Wein. Sie wollte keine Winkel bilden, niemand

inspirieren, sie wollte nur sitzen und ins Wasser schau-
en. Bei jeder Bewegung fühlte sie sich fortan von diesem
streng riechenden Wichtigtuer beobachtet, mit den Augen verfolgt. Dann tat sie etwas, was sie selbst überraschte. Sie ließ sich in ihrem mohnroten Kleid kopfüber ins
Becken fallen und schwamm durch den Blätterteppich
an den gegenüberliegenden Rand.

Isa muss geschlafen haben. Sie wacht auf, als ein laven-
delblaues Seidentuch in ihre Arme fällt.

»Es ist für den Blödsinn, mit dem ich dich verärgert
habe. Ich möchte mich entschuldigen«, sagt Heinz.

Sie setzt sich auf. »Ach Heinz«, sagt sie und befühlt
das Tuch. »Du sollst mir deswegen nichts schenken. Ich
habe den Vorfall schon vergessen, und außerdem ist es
ganz normal, dass man die seltsamen Zustände eines anderen nicht so einfach nachvollziehen kann.«

»Ja, aber akzeptieren kann man sie«, antwortet Heinz.
Er ist sichtbar erleichtert über die Versöhnung. Er reibt
sich die Hände, klatscht einige Male, schlägt sich vor
Freude an seine Backen. »Isa, du wirst staunen, was Regine alles zusammengekauft hat. Einen Töpferladen hat
sie leergeräumt, mein Gott, hoffentlich packt der Rover
das.«

Regine strahlt. Auf dem Gartentisch stellt sie ihre
Schätze aus. In Collias hatte sie eine Töpferin entdeckt,
die ihr Wunschgeschirr auf Lager hatte. Blaue Teller, mit
einem Kranz grüner Olivenblättchen auf gelbem Rand.

»Was sagst du, Isa, sind sie nicht wunderschön? Dazu
gab es die Kaffeebecher im selben Dekor. Dieses Kännchen und solch eine rechteckige Kuchenplatte such ich

schon lange, für Stollen weißt du, oder anderes. An dieser runden Schale, den beiden Kerzenleuchtern und den niedlichen Eierbechern konnte ich einfach nicht vorbei gehen.«

Heinz fotografiert Regine hinter ihrem Warentisch stehend, eine glückliche Besitzerin edler Keramik aus der Provence. Isa bewundert Stück um Stück. Heinz macht noch ein Foto mit beiden Frauen, dafür nimmt jede einen Kerzenständer in die Hand. Dann packen sie das Warenlager wieder ein. Isa schlägt dicke Lagen Papier um die Objekte, Regine legt sie vorsichtig in einen großen Karton.

Beim Abendessen erkundigt sich Isa nach dem Pont du Gard. »Steht er noch?«

»Gott, ist die Brücke hoch. Ich bin direkt erschrocken, als ich sie sah«, sagt Regine. Sie war zum ersten Mal am Gardon und kommt ins Schwärmen. »Wenn ich mir vorstelle, dass über die oberste Etage früher Wasser lief!«

»In der mittleren gingen die Leute über den Fluss, und über die unterste ratterten Fuhrwerke. Unglaublich, ein grandioses Bauwerk«, ergänzt Heinz.

»Und ich schwamm unter ihm durch. Nein, nicht heute«, beruhigt Armin seine Frau, die ihre Augen aufreißt. »Du weißt doch, damals. Der Andrang von Touristen hielt sich übrigens in Grenzen. Der Parkplatz war nur mäßig belegt. Man trat sich am Ufer nicht auf die Füße. Es hätte dir sicher gefallen.«

»Bei den nächsten Fahrten bin ich dabei«, verspricht Isa. Sie denkt auch daran, sich irgendwo Zigaretten zu kaufen.

Das tut sie bald. In Avignon, mit Blick auf die Pont d'Avignon, zündet sich Isa eine lang entbehrte Zigarette an. Der Blick auf die amputierte Brücke erfordert das. Wie eine Schwerverletzte steht sie im Wasser der Rhone und tut allen irgendwie leid. »Ach die Arme, was ist mit ihr passiert?«, will Regine wissen.

»Sie wurde immer wieder bei Kriegshandlungen beschädigt«, sagt Armin, »aber der eigentliche Zerstörer war die Rhone. Ihre Hochwasser fraßen an den Pfeilern. Eine besonders schwere Flut riss sie endlich mit. Man baute sie nicht wieder auf. Aber der Brückenrest ist begehbar, wir könnten sie besuchen, wenn ihr wollt.«

»Wollen wir?« Isa und Regine sehen sich an. Sie wollen schon, aber irgendwie doch nicht, der wunderbaren Altstadt wegen mit ihren Sehenswürdigkeiten. Und so viel Zeit müsse auch noch sein, um in den historischen Gassen in kleinen Geschäften nach etwas Kleidsamem zu stöbern.

»Zwei Stunden, werden die reichen? In zwei Stunden treffen wir uns auf dem Platz vor dem Papstpalast.« Heinz klopft mit dem Finger auf seine Armbanduhr. Sie trennen sich. Die Männer gehen zur Brücke.

Ein Stück weit laufen Isa und Regine an der mächtigen Stadtmauer entlang, finden einen Durchgang zur Altstadt und stoßen sofort auf eine Anzahl Boutiquen und Krimskrams-Lädchen, die dem Kulturspaziergang ein vorzeitiges Ende bereiten. Regine ist süchtig, denkt Isa, süchtig nach Klamotten, Schals und Schmuck. Sie wühlt in Körben und Truhen, zieht Kleider aus den Ständern der Modegeschäfte, fünf auf einmal. Die Verkäufer zeigen ihr den Weg in die Umkleidekabine. Isa begleitet sie anfangs beratend, dann wartet sie lieber auf einer der Bänke vor den Geschäften und raucht.

»Mach es dir gemütlich, es dauert nicht lange,« verspricht Regine.

Isa betrachtet die gegenüberliegenden Häuser. Über winzige Balkone fallen Blumenranken, Spitzengardinen hängen in geöffneten Fenstern. Zwei völlig identisch aussehende kleine Mädchen hüpfen hinter einem Balkongeländer auf und nieder, kichern und winken. Wahrscheinlich Zwillinge, denkt Isa und winkt zurück. Die Kleinen gehen in die Hocke, winken durch die Gitterstäbe. Isa spielt mit und winkt noch einmal. Regine kommt mit einer kopfkissengroßen Papiertasche aus dem Laden. Sie hat sich einen langen Rock und ein dazu passendes Oberteil gekauft. »Isa«, sagt sie, »der Rock war teuer, aber so ein schönes Teil finde ich zu Hause nie.« Isa winkt noch einmal den Mädchen, Regine wundert sich. »Kennst du sie?« Die Kleinen schauen den Frauen hinterher, stehen still, als hätte jemand einen Stecker gezogen und ihre Energiezufuhr gestoppt.

Regine ersteht noch eine Halskette aus geschliffenen Malachitsteinen, zwei Silberringe und eine weiße Leinentasche. »Die kann ich über die Schulter hängen.« Isa schaut auf ihre Uhr. »Ich glaube, wir müssen los.« Regine erschrickt. »Jetzt haben wir kaum etwas von der Stadt gesehen. Aber das wichtigste ist ja doch der Papstpalast, den sehen wir nachher sowieso.«

Im Anblick der gotischen Fassade essen sie einen Rinderschmortopf Provencal. Armin und Heinz berichten von ihrem Gang über die versehrte Brücke, von einem berauschenden Blick in die Rhone und auf eine Insel, die in der Vergangenheit von der Brücke überquert worden war.

»Ist ja interessant.« Isa blättert in ihrem kleinen Reiseführer. »Auf der Insel wurde im Mittelalter schwer gefeiert und getanzt, auf Jahrmärkten, Hochzeiten und bei anderen Lustbarkeiten. In einer älteren Fassung des berühmten Volksliedes heißt es auch Sous le Pont d'Avignon und nicht Sur le Pont. Wahrscheinlich wurde auf der Brücke selbst nie getanzt, sondern unter ihr, lese ich hier.«

Isa raucht wieder öfter, auf den gemeinsamen Ausflügen mit Heinz und Regine besonders oft. Heinz brettert, als ginge es um den Gewinn einer Rallye, zur Gipfelstation des Mont Ventoux. Isa steigt erleichtert aus dem Auto und greift zur Zigarettenschachtel. Im Hafen von Marseille wäre es geradezu eine Missachtung des Milieus, dies nicht zu tun, und im Rhone-Delta ist es eine Notwendigkeit der Stechmücken wegen. Dazwischen gibt es zahlreiche kleinere Anlässe für eine Zigarettenpause. Die Einkehr für einen Pastis in Straßen-Cafés unter Platanen, Rast auf den Stufen einer Kirche und auf Mäuerchen sitzend in der Felsenstadt Les Baux. In der Burgruine des Marquis de Sade schaut Isa aus einer der Fensterhöhlen und muss bei diesem fantastischen Ausblick augenblicklich eine rauchen.

Sie ist gerne mit den Freunden unterwegs, doch unkonzentriert bei Besichtigungen, ist froh, wenn sie weiter gehen oder fahren, lange Strecken mit dem Rover und mit Heinz am Steuer. Armin überlässt es Heinz, dem Autonarr und Streckenfresser. »Ich fahre leidenschaftlich

gern«, bekennt Heinz, und hängt den Ellbogen aus dem
Autofenster. Inzwischen sitzt Armin neben Heinz, Regine auf dem Rücksitz neben Isa. Gesprächsbedingt die
bessere Lösung als das Paarprinzip. Die Interessenlage
der Gruppe hat sich im Lauf des Urlaubs verschoben.
Die Gespräche der Frauen sind nicht die der Männer.
Manchmal reden sie auch nichts, und Isa schaut ins vor-
beiziehende Land, das schönste das sie kennt, in dem
sie einmal eine Hütte, einen Schafstall oder eine leere
Werkstatt bewohnen wollte. Wer es einmal sieht, kann
woanders nicht mehr leben, hatte sie vor langer Zeit gesagt.

In Marseille kann sich Isa an nichts mehr erinnern. Sie
ist irritiert. Waren sie damals am Hafen, in der Stadt oder
auf dem Hügel, in der weithin sichtbaren Wallfahrtskir-
che Notre-Dame gewesen, hatten sie Chateau d'If gesehen, das Meer, oder kennt sie das alles nur aus Bildbän-
den oder Filmen? Sie weiß, Katja hatte es abgelehnt, per
Anhalter in die gefährliche Küstenstadt zu fahren, in der
es von Strichern, Dealern, Schmugglern und flüchten-
den Verbrechern nur so wimmeln sollte. Ich versprach
meinen Eltern, niemals in ein fremdes Auto zu steigen.

»Gut, dann sind wir zu dritt. Drei Leute finden schneller
eine Mitfahrgelegenheit«, hatte Gunhild prophezeit.

Isas einzige Erinnerung an Marseille: Sie sieht sich bei
großer Hitze gegen Abend an einer Ausfallstraße stehen.
Gunhild hatte gewunken, ein Fahrer hatte angehalten.
»Wo wollt ihr hin?« Ein kleiner Mann mit schwarzem
Oberlippenbärtchen, nahm sie mit. Vera sprach ein dürfti-
ges Schulfranzösisch, konnte aber die wichtigsten Fragen

verstehen und beantworten. »Très bon«, sagte der Mann, »ich muss nach Aix und fahre euch nach Les Bonfillons. Ich mache mir Sorgen um euch, junge Frauen dürfen nicht mit fremden Männern fahren. C'est dangereux, très dangereux.«

Er heiße Bastian, sagte der zierliche Mann, doch Gunhild nannte ihn Das Herrchen, wenn sie von ihm sprach. Das Herrchen fuhr die jungen Frauen bis vor ihr Chateau, nahm gerne deren Einladung zu einem Kaffee an. Dass die Damen Künstlerinnen waren, in einem Schloss wohnten, in dieser historischen Küche kochten, gefiel ihm sehr. Er würde, wenn sie es erlaubten, morgen wiederkommen und auf diesem alten Herd die beste Bouillabaisse zubereiten, die sie je gegessen hätten.

»Wir kochen auf dem Elektroherd daneben«, klärte ihn Gunhild auf.

»Oh«, sagte das Herrchen, »das geht auch. Der Suppe schadet es nicht.«

Er kam tatsächlich. Die Mädchen hatten nicht damit gerechnet. Katja fand es gefährlich, einen Fremden einzuladen. »Was wissen wir denn, was der so alles in die Suppe schüttet. Da gibt es Essenzen, die Frauen gefügig machen.«

Das Herrchen breitete auf dem Küchentisch seine Zutaten aus. Isa verließ die Küche, als er etliche Fische köpfte, ihnen Flossen und Schwänze abschnitt. Alles frisch aus dem Meer, versicherte er, er kaufe nur bei einem Händler seines Vertrauens. Er trug eine schwarze, für ihn viel zu lange Schürze, auf deren Brustteil unter einer Kochmütze das Wort Gourmet zu lesen war. Konzentriert

schmeckte er ab, goss Weißwein nach, gab eine Prise von
diesem und jenem dazu, auch Kräuter, rasch geschnitten und voilà, die Damen könnten sich jetzt schon mal
setzen. Vera rief nach Isa. Die sagte, sie könne das nicht
essen, Fische überhaupt nicht, und sie wolle. den Koch
nicht kränken. »Ach was, setz dich zu uns, trink Wasser
und iss Weißbrot, sag, es sei dir nicht gut.«

Es wurde ein fröhlicher Abend. Katja aß mehr Suppe
als alle anderen, parlierte temperamentvoll und sorgte
sich in keiner Weise um gefügig machende Inhaltsstoffe
der Bouillabaisse. Isa trank statt Wasser Wein, aß sich an
einer üppigen Käseplatte satt, die das Herrchen, appe-
titlich angerichtet, mitgebracht hatte. Der kleine Mann
wäre gerne wiedergekommen. Er schlug eine Fahrt ins
Blaue vor, er könne ihnen interessante Plätze abseits des
Touristenstromes zeigen. Er mache die Fahrt auch für
nur zwei oder eine der Damen, falls nicht alle Zeit dafür
hätten. Er sah Vera tief in die Augen. Sie spitzte die Lippen und runzelte die Stirn. Sie stecke, sagte sie, gerade
in einer wertvollen Schaffensphase, für die sie dankbar
sei, und die sie keinesfalls unterbrechen könne. »Ich verstehe«, sagte das Herrchen. »Der Kunst will gedient sein,
soll das Werk gelingen.« Katja übersetzte diesen Satz mit
Bravour. Alle klatschten Beifall, das Herrchen nicht. Ver-
as Absage war eine herbe Enttäuschung für ihn. Mit den
restlichen Damen über Land zu fahren, schien ihm nicht
lohnenswert. Er verabschiedete sich mit traurigen Augen. Vielleicht käme er wieder einmal vorbei, nachdem
er wüsste, wo er die Künstlerinnen finden würde, sagte
er, und schien es selbst nicht zu glauben. Sie sahen ihn
nicht wieder.

Isa ist unruhig. Sie zählt die Tage und weiß nicht warum. Fürchtet sie sich vor dem Urlaubsende oder vor den Tagen, die noch vor ihr liegen? Sie möchte endlich nach Les Bonfillons, dann wieder nicht. Auf ihrer Hochzeitsreise durch Südfrankreich hatte Armin nach ihren Wünschen gefragt. Les Bonfillons hatte sie nicht genannt.

Sie würde am liebsten allein dorthin fahren. Allein und zu Fuß würde sie auf der Straße nach Vauvenargues wandern, sehen, ob das Eisentor zum verlassenen Herrenhaus noch offen stünde. Sie möchte die schwere Tür im Chateau öffnen, auf der Treppe nach oben steigen und in den Schlafsaal gehen. Isa stellt sich vor, eine Frau in ihrem Alter, die Haare im Nacken gebunden, säße im Garten hinter dem Schloss, Blanche im Garten ihres Hauses, das sie nie verlassen hatte. Sie würde sich vielleicht erinnern, an die Mädchen, ganz sicher an Katja. Einige Male hatte Blanche sich zu ihnen in die Küche gesetzt, später, als Egbert abgereist war. Katja lebt nicht mehr, würde Isa sagen, sie ist schon vor zehn Jahren gestorben, hat aber als Künstlerin viel erreicht.

»So viel wie Paula Modersohn«, würde Blanche fragen. »Fast so viel«, würde Isa antworten.

Isa möchte es allein tun, ohne eine ewig quasselnde Regine an ihrer Seite und ohne Heinz. »Was, dieser alte Kasten soll dein Schloss sein?«, hört sie ihn sagen.

Die Zeit in diesem alten Kasten erscheint ihr plötzlich wie ein wunderbarer Traum, den sie gerne noch einmal träumen würde. Damals waren sie jung, hatten Pläne, gemeinsame Interessen, fühlten sich mit einem Mal eng verbunden. Selbst Egbert war es gelungen, ein akzeptierter Teil der Gemeinschaft zu sein, trotz ungewaschener

Haare und Trauerrändern unter den Fingernägeln. Gunhild hatte seinen braunen Pullover gewaschen, unter Protest des Besitzers. Er klagte, man habe ihm die Haut vom Leib gezogen und käme sich unbehaust vor. Trotzdem fegte er die Küche aus, besorgte mit dem Auto Wein, legte Geld in die Haushaltskasse. Abends spielte er auf seiner Flöte. »Er könnte Dümmeres tun«, sagten die Mädchen.

Egbert hatte gemeinsames Zeichnen angeregt. »Wäre doch schön, wenn wir uns gegenseitig portraitierten, oder so. Die Gelegenheit hier ist einmalig, wenn wir schon in einer solchen Runde beisammen sind. Bekannte Künstlergruppen taten es, wurden später gerade dadurch berühmt.«

Katja war sofort begeistert von einem Vorhaben, das ihren Zukunftsinteressen entgegenkam. Vera war es egal. »Warum nicht«, sagte sie, störte sich aber an dem »oder so«. »Egbert, was meinst du damit?«

Isa willigte ein. Sie würde zwar zeichnen, stünde aber nicht als Modell zur Verfügung. Sie dachte an die hochinteressanten Winkel, die sie nicht bilden wollte.

»Und was ist mit dir, Gunhild?«, wollte Egbert wissen. »Na ja«, sagte sie, »ich weiß doch, um was es geht. Mir macht es nichts aus, die Hüllen fallen zu lassen.«

Splitternackt saß sie in einem Korbstuhl, überraschte mit einer Figur, wie von Maillol geschaffen, eine etwas füllige Nymphe, mit festen Formen, kräftigen Armen und stämmigen Beinen. Egbert zeichnete, dass der Bleistift rauchte. »Toll«, sagte er, »einfach toll.«

Die anderen versuchten es auch, nahmen mit dem Bleistift Maß. Isa verwünschte den Korbstuhl, der ihr nicht gelingen wollte. »Lass ihn weg«, sagte Egbert. Drei

Tage später verließ er die Frauen. Er wolle nach Hause, eine Große Sitzende gestalten, die Zeit sei reif dafür. Zum Abschied spielte er den Mädchen noch einmal mit der Flöte auf, umarmte sie, eine nach der anderen, sagte: »War schön mit euch«, setzte sich in den Deux Chevaux und fuhr davon.

Der Abend ist angenehm warm. Sie sitzen auf der Terrasse und trinken Wein. Heinz hat hauchdünne Schinkenblätter aufgelegt, man nimmt sie mit den Fingern. Isa sagt: »Morgen fahre ich nach Les Bonfillons.«

»Wunderbar«, ruft Regine, »Isa, ich freu mich so sehr darauf. Seit Tagen freu ich mich darauf!« Sie versteht Isas klare Ansage nicht. Heinz auch nicht. »Wir nehmen wieder den Rover, wenn es euch recht ist.«

Armin sieht Isa an. »Ist es dir recht?« »Ja natürlich«, sagt sie. Sie weiß jetzt, Les Bonfillons ist nur im Viererpack zu haben. Entweder fahren alle oder keiner. Und sie will unbedingt dahin.

Heinz hat den Plan. »Passt auf, ich schlage vor: Sektfrühstück auf dem Cours Mirabeau in Aix-en-Provence. Besichtigung der Stadt, danach Fahrt zum Schloss Les Bonfillons, Besichtigung womöglich nur von außen oder mit Blick durch ein Küchenfenster. Rundfahrt durch den Ort mit Halt an einem historischen Toilettenhäuschen, nach Bedarf Besuch desselben.« Er lacht. »Anschließend Fahrt in einen geheimnisvollen Ort Namens Vauvenargues, Rundgang um das Chateau Picasso und zu guter Letzt, Spurensuche nach dem Mann, der Frauen auf die Füße spuckt. Vielleicht geistert er ja heute noch durch die engen Gassen auf der Suche nach passenden Opfern, beißt mittlerweile sogar zu. Was sagt ihr, wie gefällt euch das?«

Regine verschluckt sich vor Lachen und verschüttet ihren Wein. Heinz lacht noch lauter als sie, boxt Armin in die Seite. »Mensch, Armin, das wird ein Riesenspaß, ein Ausflug der besonderen Art. Sowas steht nicht im Katalog der Reiseveranstalter.«

»Du möchtest am liebsten allein nach Vauvenargues oder?«, fragt Armin später, als sie zu Bett gehen.

»Ich hätte nicht davon reden dürfen. Da hab ich einen Fehler gemacht, aber jetzt, jetzt ist es mir egal, und morgen kommt es wie es kommt.«

Sie frühstücken nicht auf dem Cours Mirabeau, sondern zu Hause auf der Terrasse. Regine und Heinz verschlafen, und Armin sitzt allein am Tisch, trinkt Kaffee und blättert in Isas Reiseführer. Isa ist drüben bei Marl, die ihr einen Korb mit Trauben schenkt. Marl sagt, den Korb dürfe sie behalten, sie habe jede Menge davon.

»Wir sind heute wieder unterwegs«, sagt Isa, »wir fahren nach Aix, vielleicht noch ein Stück Richtung Mont Sainte-Victoire, mal sehen.« Ein genaues Ziel verrät sie nicht, findet, das ginge Marl nichts an. Dann kommen Regine und Heinz. Auffallend still setzen sie sich an den gedeckten Tisch. Von einem Sektfrühstück ist nicht mehr die Rede. Die beiden sind froh, dass ihnen der abendliche Umtrunk nicht zu schaffen macht.

Regine blinzelt in die Sonne, langsam wird sie munter. »Was meint ihr dazu, ich finde, wir sollten zuerst nach Les Bonfillons fahren und auf der Rückfahrt Aix besichtigen. Dort könnten wir dann zu Abend essen.«

»Gute Idee«, sagt Armin, »wir machen es so, nachdem wir heute später loskommen als geplant.«

Heinz, der ein Ei aufschlägt, schaut hoch. »Keine Sorge, wir kriegen alles gebacken. Heinz macht das, verlasst euch darauf.«

Sie umfahren die Altstadt von Aix und Heinz findet auf Anhieb die Ausfahrt Richtung Vauvenargues. Isa schaut angespannt aus dem Fenster. Sie findet sich nicht zurecht. »Heinz, das kann nicht sein, die Richtung stimmt irgendwie nicht, wir müssten schon längst den Sainte-Victoire sehen. Den sahen wir immer nach den letzten Häusern der Stadt.«

»Wart ab«, sagt Heinz, »ich hab alles im Griff.« Und dann sehen sie ihn. Hinter der nächsten Kurve ist es plötzlich da, das hochragende Dreieck im Massiv Sainte-Victoire, dem der Berg seinen Namen verdankt.

Isas Herz klopft, kein Wort kann sie sagen. Dafür redet Heinz. »Na, was sag ich denn, da hast du jetzt deinen Berg. Ein toller Brocken, ich übertreibe nicht.« Und er kennt die Bilder von Cezanne, nicht alle, klar, geht ja nicht, aber dieser Berg da drüben, er deutet mit dem Finger in seine Richtung, dieser Berg ist ihm bekannt, obwohl er ihn noch nie zuvor gesehen hat.

Plötzlich reden alle außer Isa. Regine besitzt einen Bildband über Cezanne, Armin hatte einmal in Tübingen eine Cezanne Ausstellung besucht mit Leihgaben berühmter Museen, und Heinz erinnert sich an eine Glückwunschkarte zum Geburtstag, mit dem Abbild eines Jungen, der eine roten Weste trägt. »Genau dieses Bild hing auch in Tübingen«, sagt Armin. »Dazu gibt es eine schöne Geschichte. Ein Arm dieses Jungen ist sehr lang, auffällig lang. Als Cezanne darauf angesprochen wurde, sagte er: Ein schöner Arm kann gar nicht lang genug sein.«

Alle lachen. Isa kennt die Geschichte, Armin erzählte sie schon öfter. Sie fahren durch Jaumegarde, bald werden sie Les Bonfillons erreichen. Das Chateau war das erste Haus am Ortseingang, sie wird es sofort erkennen und will den Augenblick des Wiedersehens mit allen Sinnen erleben.

Das Ortsschild von Les Bonfillons taucht auf, Heinz bremst ab. Langsam fährt er an einem länglichen Gebäude mit Walmdach vorbei, fährt Richtung Dorfmitte und Isa schreit: »Wir sind schon vorbei, Heinz, du bist zu weit gefahren.« Er hält an. »Ja, wo war denn jetzt dein Schloss, ich habe keines gesehen.«

»Du bist zu schnell daran vorbeigefahren. Eh ich es erkannte, war es schon weg.«

»Ich fuhr ganz nach Vorschrift, natürlich nicht im Schritttempo.« Er wendet, fährt zurück, sagt: »Für dich und dein Schloss tu ich alles mein Mädchen, das weißt du hoffentlich.«

Er kann den Rover auf einem kleinen Platz vor einem hohen Gittertor parken. Sie steigen aus und Isa geht auf das Tor zu, als ginge sie hier täglich ein und aus. »Es steht offen wie damals, immer war es offen gestanden, niemand dachte je daran es zu schließen.« Sie geht ein paar Schritte in den Garten, eher über eine verwilderte Wiese, schaut um die Ecke des Hauses, das einen unbewohnten Eindruck macht. Auch im Hinterhaus, das sie nie betreten hatte, regt sich nichts. In den Fugen einer mit Steinplatten belegten Terrasse wächst Löwenzahn und kniehohes Gras. Alle Fensterläden sind eingeklappt. Sie kommt zurück. Regine macht ein Foto von Isa mit dem Tor in ihrem Rücken.

»Keiner da?«, fragt Heinz, »sind die Mädchen ausge-flogen?«

»Die Mädchen sind schon lange ausgeflogen. Es hat sie in alle Winde verweht, eine von ihnen besonders weit weg, sie lebt nicht mehr.«

»Oh«, sagt Regine, »welche denn?«

»Katja ist gestorben. Ich hoffte, Blanche zu treffen, aber es sieht nicht so aus, als wohne sie noch hier.«

Niemand witzelt herum, alle sind betroffen, Armin nimmt Isas Hand. »Komm, wir schauen mal durch die Fenster.«

Zur Straße hin ist das Haus verschlossen. Isa drückt die schwere Eisenklinke im Türschloss nach unten, ein-mal, zweimal. Sie streicht mit den Händen über das alte Eichenholztor, Regine fotografiert. Sie ist wieder Journa-listin und auf den Spuren einer Story. Isa und die Män-ner drücken die Nasen an die hohen Fenster im Erdge-schoss, Regine fotografiert.

»Die Küche ist leergeräumt, der große Tisch ist ver-schwunden, was habe ich denn erwartet?«

Isa ist gefasst. Vierzig Jahre, eine lange Zeit, gut für sie, der Realität ins Gesicht zu schauen. Die Realität ist ein altes, unbewohntes, großes Haus, ein schmuckloser Rechteckblock mit hohen Fenstern, die einen leidlich herrschaftlichen Eindruck vermitteln. Unentschlossen geht Isa vor dem Chateau auf und ab. Sie blickt nach oben. Die Fenster des Schlafsaals sind alle geschlossen,

die weißen Vorhänge aus Nesselstoff längst abgenom-
men. Sie sieht es und verabschiedet sich von der Vergangenheit, einer Geschichte, einem Traum. Gut, dass
sie hergekommen ist. Es macht sie nicht traurig, eher
munter.

»Und, wie war das jetzt mit deinem ausgeklügelten
Plan, was stand als nächstes auf dem Programm?«, wen-
det sie sich aufgekratzt an Heinz, der eben mal seine
Frau vor der Schlosstür ablichtet.

Sie fotografieren. Heinz steht neben Armin und Regine, Regine neben Isa, und am Ende bietet ein Junge,
der vom Fahrrad steigt seine Dienste an. Er schießt ein
Foto von Isa, Armin, Heinz und Regine, vor der Front des
Schlosses in Les Bonfillons.

Das Toilettenhäuschen steht nicht mehr. Isa erinnert
sich nicht an seine genaue Lage. Sie gehen suchend umher. Isa befragt eine ältere Frau.

»Ja, ja«, sagt sie, »es stand dort drüben. Das ist aber
lange her. Wenn Sie eine Toilette suchen, müssen sie ins
Gemeindehaus gehen.«

Sie zeigt ihnen hilfsbereit den Weg.

Auf der Straße nach Vauvenargues sucht Isa vergeb-
lich nach einer Wegabzweigung zum Herrenhaus. Die
gibt es nicht mehr, oder ist vom Auto aus nicht zu sehen.

»Das Gut hatte nicht sehr weit hinter Les Bonfillons
gelegen. Sonst hätten wir es am Abend nicht so leicht
erreichen können«, sagt sie, zweifelt aber inzwischen an
ihrem Erinnerungsvermögen. Heinz fährt so langsam,
wie er kann. Ständig wird er überholt.

Dann sagt Isa: »Lass es Heinz. Wir finden es nicht.
Und vielleicht ist es besser, ich bewahre mir wenigsten

diesen Traum. Er ist auf jeden Fall schöner als ein maro-
des Herrenhaus mit einem ausgelassenen Wasserbecken,
in dem womöglich Bauschutt lagert, oder eine rundsa-
nierte Supervilla mit Swimmingpool. Man muss schließlich mit allem rechnen.«

»Okay«, sagt Heinz und startet durch. In wenigen
Minuten sind sie in Vauvenargues. Sie parken am Orts-
rand, gehen zu Fuß ins Dorf. Das Schloss, in dem Picasso
wohnte, beherrscht das Bild. Isa möchte es am liebsten
sofort besuchen, um diesen Programmpunkt abzuhaken.
Weit ist es nicht, ein Wegweiser führt sie vor ein Gittertor, das verschlossen ist. Ein würfelartiger Klotz mit
dicken Ecktürmen, mehreren Nebengebäuden, umgeben
von einer Mauer, wirkt abweisend und düster.

»Wohnen möchte ich hier nicht«, sagt Regine und
schüttelt sich. »Dass es Picasso in diesem Koloss gefallen
hat, wundert mich, keinen Tag hielte ich es dort aus.«

Trotzdem steckt sie Kamera und Arme durch die Gitterstäbe und schießt wild umher. Heinz sorgt sich um die
Leica. »Lass sie nicht fallen, sie landet sonst im verbote-
nen Revier, und wir müssen über das Tor klettern, um
sie zu retten.«

»Und wenn ihr Pech habt, überfallen euch die Wach-
hunde«, sagt Isa. »Als wir damals vor diesem Tor standen, rasten riesige Doggen auf uns zu, bellten aggres-
siv und blieben nur knapp vor dem Gitter stehen. Wir
erschraken wahnsinnig und sprangen zurück. Blanche
sagte uns, wenn die Doggen auftauchen, ist der Herr im
Haus. Vielleicht hat uns Picasso sogar von einem Fenster
aus beobachtet, denn wir waren die einzigen Neugieri-
gen vor seiner Tür.«

Sie schlendern durch enge Gassen, Isa sucht die Kirche und findet sie. Sie muss es vielmehr sein, denn eine andere gibt es nicht. Ein schlichter Bau mit einem Glockenturm. Isa hatte sich die Kirche größer vorgestellt, den Platz davor ebenso. Sie ist befremdet, kann sich nicht mehr genau erinnern. Saßen Vera und Gunhild wirklich in ihrer Nähe, wo saß Katja? Dort ist das Mäuerchen, auf dem sie ihre Stifte ausgelegt hatte, da drüben der Brunnen, in dem Isa ihre Füße wusch. Es sind die einzigen Details, die sie wiedererkennt. Auf der Kirchenstufe saß sie selbst, als der Alte auf sie spuckte. Doch aus welcher Richtung war der Mann gekommen? Wie aus dem Nichts war er vor ihr aufgetaucht.

Heinz mimt den Ermittler, geht hin und her, begutachtet den Tatort. Er schöpft mit der Hand Wasser aus dem Brunnen und beschnüffelt es, zieht angewidert die Nase hoch. Er kratzt mit dem Zeigefinger am Mäuerchen, leckt ihn ab und verzieht sein Gesicht, als habe er in eine Zitrone gebissen, hält kleine Steine, die vereinzelt auf dem Boden liegen dicht vor die Augen und schüttelt den Kopf. Er verhört die einzige Zeugin, die gleichzeitig auch Opfer ist.

»Konzentration«, sagt er, »bitte, erinnere dich genau an die Baskenmütze des Mannes, das ist jetzt ganz, ganz wichtig. War sie groß wie eine Frisbee-Scheibe oder klein wie ein Handkäse?«

Die Zeugin muss lachen und verweigert die Aussage. Vom Ermittler wird sie belehrt, dass es hier nichts zu lachen gäbe und eine kriminaltechnische Untersuchung eine todernste Sache sei. Regine fotografiert alles, was zur Klärung des Falles beitragen könnte.

»Wahrscheinlich saß er irgendwo in einer Ecke und beobachtete euch, bevor er diesen Angriff wagte«, überlegt Armin. Er überlegt noch viel mehr.

Sie finden ein Bistro in der Rue Gabriel Péri, sitzen im weinberankten Vorhof an der Straße und trinken Espresso, bestellen Omelette mit Steinpilzen. Regine fotografiert, während sie auf das Essen warten. Heinz möchte wissen, ob Isa zufrieden ist mit der heutigen Aufarbeitung ihrer Vergangenheit, und wie sie sich jetzt fühle.

»Ich meine«, sagt er, »große Entdeckungen konntest du hier nicht machen nach so langer Zeit.«

Isa ist überrascht. Diese Frage hatte sie nicht erwartet, nicht von Heinz.

»Es geht mir gut damit«, sagt sie. »Ich lerne gerade, dass viele Rätsel nicht gelöst werden können, auch wenn wir weite Wege dafür gehen. Es ist ein bisschen wie im Märchen. Am Ende steht der Held mit leeren Händen da und ist erleichtert, dass er nichts mehr tragen muss. Ich werde jetzt endgültig den alten Mann begraben. Dass er das getan hat, ist nicht mein Problem, es war seines. Mein Leben ist ein gutes, seines war es vielleicht nicht.«

»Da gibt es etwas, was ich euch gerne sagen möchte.« Armin knüllt seine Serviette in den Teller und schiebt ihn zur Seite. »Das Omelette war hervorragend«, sagt er zu dem Kellner, der den Tisch abräumt. Heinz und Regine bestellen Eis, Isa steckt sich eine Zigarette an. »Stört es euch? Ich muss jetzt dringend eine rauchen.«

»Was wolltest du uns sagen, Armin, es wird doch kein Geständnis werden?« Regine tut besorgt und blinzelt Isa zu.

»Nein, das ist es nicht. Aber ich habe etwas gelesen was mich bewegt und darüber nachgedacht. Es ist so, ihr wisst es natürlich alle, nur denkt man nicht mehr daran oder hat es vergessen. Wir befinden uns hier in einem zentralen Gebiet der ehemaligen Résistance. Viele Untergrundkämpfer versteckten sich während der Besatzungszeit durch die deutsche Wehrmacht in den Bergen der Provence. Sie wurden aufgespürt, gejagt, erschossen. Eine Spezialgruppe nannte sich Maquis, nach dem undurchdringlichen Maquis, dem Buschwald des Südens, in dem sie Unterschlupf suchten. Von dort führten sie ihren Partisanenkampf gegen die Besatzer, mit hohem Risiko. Ich überlege, ob der Alte vielleicht einen Sohn im Widerstand gegen die Deutschen verloren hat und dich seinetwegen bespuckte. Du sagtest, ihr hättet euch laut und fröhlich unterhalten, auf deutsch, was sonst.«

Isa wird bleich. Kerzengerade setzt sie sich auf. Mit offenem Mund starrt sie auf eine Hauswand, an der es nichts zu sehen gibt.

»Oh Gott, Armin du hast recht. Natürlich, es kann gar keinen anderen Grund geben als den. Das gibt es doch nicht, dass ich mit keinem Gedanken an diese Möglichkeit dachte, damals nicht und heute nicht. Wir hätten es wissen müssen, ich hätte es wissen müssen, vor allem in jener Zeit in Les Bonfillons. Warum hat Blanche nicht darüber geredet? Ihre Eltern hatten wir nie zu Gesicht bekommen. Das sehe ich jetzt in einem ganz anderen Zusammenhang.«

Heinz schüttelt den Kopf. »Ich versteh das nicht. Ihr dachtet allen Ernstes, eure luftigen Sommerkleider wären Grund genug für seinen Hass gewesen? Isa, ich versichere dir, so alt ich auch werde, und solange ich nicht erblinde, werde ich schöne Frauen in schönen Kleidern immer mit Lust und Wonne betrachten und niemals bespucken. Da wart ihr, das muss ich dir sagen, entsetzlich naiv und völlig auf dem Holzweg. Allerdings, ich gebe zu, auf Armins Erkenntnis wäre ich jetzt auch nicht gekommen. Alle Achtung, Armin.«

»Natürlich, er besudelte mich stellvertretend für die verhassten Deutschen, die ihm Schreckliches angetan hatten.« Isa ist sich jetzt vollkommen sicher. Sie ist bestürzt, zündet sich eine neue Zigarette an. In wenigen Augenblicken hat sich ihre Sichtweise verändert, ihr Blick in die Vergangenheit. Was war ihr in den Nachkriegsjahren eigentlich wichtig gewesen, außer Petticoat, Capri-Hose, Kino und Party. Was hatte sie gewusst, gedacht, worüber geredet, sich informiert?

An was erinnert sie sich heute? Ihre Eltern waren froh gewesen, den Krieg vergessen und an die Zukunft denken zu dürfen. Ihre einzige Tochter war viel zu jung, um mit den Gräueln der Naziherrschaft konfrontiert zu werden, über die sie selbst nicht wirklich Bescheid wussten. Man hatte ja nie etwas erfahren, sagten sie. Ja, es gab die Bombardierung von Dresden, Hamburg und anderen Städten, einen gescheiterten Russlandfeldzug, einen verlorenen Krieg. Ihr Vater sprach selten davon, von vielem gar nicht. Er wollte vergessen, neu beginnen. Onkel Manfred war gesprächiger. Die Besetzung Frankreichs, deutsche Soldaten in Paris, sie hatten dort nicht schlecht gelebt. Er selbst war einer von ihnen gewesen, hatte Seidenstrümpfe und Parfüm nach Hause geschickt. Allerdings klagten Heimkehrer aus französischen Lagern über schlechte Behandlung, waren zum Teil abgemagert, krank. Er hatte die Gefangenschaft gut überstanden, andere nicht. Der Onkel hatte seine Eindrücke bei Kaffee, Kuchen und Cognac geschildert, bis ihre Mutter ihn ermahnte »Manfred, das Kind, es reicht.«

Das Kind hatte lehrplanmäßig in der Schule einen Film gesehen, den es lieber nicht gesehen hätte: Barackenstraßen, hohe Stacheldrahtzäune, abgemagerte Frauen, Männer, Kinder, die mit übergroßen Augen in eine Kamera starrten. Bei den grauenvollsten Bildern hatte Isa nicht mehr auf die Leinwand geschaut, sondern auf ihre Füße. Sie befragte ihre Eltern. Ihr Vater fand es von den Lehrern unverantwortlich, Jugendlichen diesen Film zu zeigen. Unzumutbar und traumatisierend sei es, so etwas anschauen zu müssen, empörte er sich, und es sei nicht in Ordnung, unschuldige Kinder damit zu belasten. Er überlegte, dem Schulleiter einen Brief zu schreiben, tat es aber nicht.

»Kann man denn die Vergangenheit niemals ruhen lassen«, hatte die Mutter geklagt.

Hatte das Kind von der Existenz einer Résistance gewusst, von Massakern der Wehrmacht? Hatte irgendjemand damals darüber gesprochen? Sie erinnert sich nicht oder hat es vergessen, so wie sie vergaß, woher der alte Mann gekommen war.

Französische Spielfilme thematisierten den Widerstand. Als sie einen dieser Filme sah, war sie längst verheiratet und hatte sich mit Armin in einem angenehmen Lebensstil eingerichtet. Niemals wäre ihr eingefallen, den Alten aus Vauvenargues mit der Résistance in Verbindung zu bringen, zumal sie zu der Zeit nicht an ihn dachte.

Sie sitzen noch eine Weile herum, Isa raucht. Regine haucht auf das Objektiv ihrer Leica und wischt es mit einem Tüchlein blank. Armin trinkt noch einen Pastis. Das Gespräch erlahmt, sie hängen ihren Gedanken nach, vielleicht sind sie nur müde.

Heinz wird unruhig. »Was ist, wollen wir hier Wurzeln schlagen oder Aix besichtigen?«

Keine Antwort aus der schweigenden Runde.

»Okay«, sagt er, »dann schlage ich vor, wir fahren einfach ein bisschen herum, machen sozusagen eine Blaufahrt. Ich denke mir eine Route aus und sorge für sichere Heimkehr, inklusive Abendessen in einem Gasthof auf dem Lande. Wie findet ihr das?«

Isa nickt dankbar. Ein bisschen herumfahren wäre gut. Sie ist erschöpft und nicht mehr in der Lage, eine Stadt zu erkunden. Heinz spielt den besorgten Reiseleiter, der seine Truppe nicht überfordern darf.

»Aix läuft uns nicht davon, die Stadt kaufen wir uns ein anderes Mal.«

Armin bezahlt für alle.

Regine möchte noch Fotos machen. Dem Bistro schräg gegenüber entdeckt sie ein Gärtchen, eingefasst mit einem Eisengitter. Ein Monument aus Stein steht zwischen Blumen und Grünstauden, auf einem treppenartigen Unterbau. Das muss aufs Bild.

»Wartet kurz, es dauert nicht lang.«

Sie überquert die Straße, die anderen folgen ihr. Sie sehen einen hohen eckigen Sockel, der den Stumpf einer runden, kannelierten Säule trägt. Das Säulenende ist abgeschrägt, absichtlich, oder wurde es einmal beschädigt?

Regine lässt die Leica klicken, umrundet das blumen-geschmückte Areal, zoomt für Nahaufnahmen Schriftta-feln heran, welche in die Seiten des Sockels eingelassen sind. Sie richtet sich auf.

»Kann einer von euch verstehen, was auf den Tafeln steht?«

Armin kommt näher, beugt sich über das Gitter.

»Es ist ein Kriegerdenkmal für die Gefallenen im ers-ten Weltkrieg. Aux Enfants de Vauvenargues, Morts au Champs d'Honneur, Guerre 1914–1918.«

Er übersetzt die Inschrift: »Gewidmet den Kindern von Vauvenargues, gestorben auf dem Feld der Ehre im Krieg von 1914–1918.«

»Und die andere Tafel, was steht auf der?«, fragt Isa ahnungsvoll.

Armin liest, schaut auf und liest noch einmal, stumm und konzentriert. Er nickt zustimmend, als habe er ge-wusst, was er hier finden würde.

»Und?«, sagt Regine. Sie möchte einen ausführlichen Reisebericht mit Fotos und Text erstellen.

»Hier steht«, sagt Armin, »Aux Martyrs du Maquis de Vauvenargues 1944, den Märtyrern des Maquis von Vau-venargues 1944. Darunter stehen die Namen der Toten.«

»Die Namen der Toten? Bitte Armin«, sagt Isa, »lies sie vor.«

Und Armin liest:

»Menecier Georges
Girieux Louis
Martin Emil
Teyssiere Georges
Nicol René

Caillot Raymond
Nasciet Armand
Fontenaille Jean
Fontenaille Marcel
Robby Xavier«

Einfach mal raus

Zwei bis drei Tage würden reichen. Es ist nur so eine Idee, aber Lili rechnet. Bei zwei Übernachtungen, An- und Abfahrt, bliebe ihr ein ganzer Tag. Ein bisschen wenig, findet sie. Es müssten vier Tage sein, vier Tage wären besser, sollte sich der ganze Aufwand lohnen. Vier Tage lang einfach mal raus, Leute treffen, durch Kneipen ziehen, pennen. Das müsste doch möglich sein. Ihre Mutter könnte einspringen, den Kleinen versorgen, den Großen auch. Der Kleine ist anspruchslos. Morgens trinkt er seine Flasche, mittags isst er ein Fertigmenü im Gläschen, püriert und im Wasserbad erwärmt. Und sein Grießbrei am Abend? Kein Problem. Wie oft kochte ihre Mutter Grießbrei, hundertmal und öfter. Sie stopfte Lili damit, vergrößerte heimlich die Portion, damit ihre spindeldünne Tochter etwas auf die Rippen bekäme. Grießbrei kochen kann sie. Zudem ist sie Bernis Oma. Sie hatte sich sehnlichst ein Enkelkind gewünscht. Jetzt hat sie eines, also kann sie es gerne einige Tage versorgen und den Großen gleich mit. Vinz ist genügsam. Tagsüber speist er in der Kantine, abends mag er Wurstbrot, Käse, Tomaten, auch mal einen Fleischsalat vom Metzger, mit Mayonnaise fix und fertig im Plastikbecher.

Der Kleine krabbelt auf Lili zu. Er zieht sich an ihrer Hose hoch und drückt sein Köpfchen zwischen ihre Beine. Lili nimmt ihn auf den Arm. »Na, mein Kleiner, was meinst du, darf deine Mama ein bisschen auf Achse gehen, um die Häuser ziehen, abtanzen, durchfeiern. Erlaubst du 's ihr?« Lili dreht sich mit Berni im Kreis, bläst Löckchen aus seiner Stirn. Berni lacht und patscht mit den Händen auf Lilis Mund. Sie schnappt nach seinen kleinen Fingern, das Spiel geht hin und her, und das Kind ist außer sich vor Begeisterung. Lili setzt den zappelnden Jungen auf ihre Hüfte, ein guter Sitzplatz für einen längeren Aufenthalt, und Lili hat gelernt, mit nur einem Arm sehr vieles zu erledigen. Berni hilft dabei, so gut er kann. Alles dauert deshalb ein bisschen länger, aber was solls, sie haben Zeit. Kaffee wäre jetzt gut, und Berni darf eine Filtertüte aus der Packung ziehen. Er schafft fünf auf einmal, sie fallen zu Boden. Lili geht mit dem Kind in die Hocke, sammelt sie ein, steckt eine davon in den Filterbecher und zählt mit dem Messlöffel das Pulver ab. Berni schaut gebannt dem schwarzen Kaffeepulver hinterher, das in die Tüte rieselt. Ein Speicheltropfen fällt von seinen Lippen. Lili füllt Wasser in die Maschine und Berni drückt den Einschaltknopf, an aus, an aus, an, und Lili sagt: »Berni, das reicht.«

Während die Kaffeemaschine brodelt, schauen sie aus dem Küchenfenster. Berni steht auf dem Fensterbrett. Lili hält ihn fest. Er presst seinen Zeigefinger gegen die Scheibe. Vinz hat gestern einen Meisen-Knödel an einen

Zweig des Apfelbaums gehängt. »Piep«, sagt Berni zu den Vögeln, die sich um den Knödel streiten. Sie verdrängen sich gegenseitig, fallen im Sturzflug nach unten und picken auf, was am Boden liegt. Aber er sagt auch piep zu der Katze, die um das Gartenhäuschen schleicht. Die Vögel flattern auf, verschwinden im Nachbargarten.

»Ja, piep«, sagt Lili. »Alles ist piep. Der Papa macht piep, das Auto macht piep, Hunde machen piep, der Kassierer im Supermarkt, der Postbote, auch bei mir macht es piep und nicht erst seit gestern.«

Sie denkt an den Streit zwischen Vinz und ihr vor einer Woche, einer Bagatelle wegen. Da hatte es nicht nur piep gemacht, sondern ordentlich gekracht. Grundlos, denkt Lili. Der Anlass war so albern, dass sie sich schämt, daran zu denken. Eher überlegt sie, was sie beide dabei hochgekocht hatten. Vinz hatte ihr Gedankenlosigkeit und Unzuverlässigkeit vorgeworfen. Sie hatte ihn als einen Sicherheitsfanatiker beschimpft, der alle mit seinen übertriebenen Vorsichtsmaßnahmen terrorisiere. Lili hatte wieder einmal vergessen, das Badezimmerfenster im Oberstock zu schließen, bevor sie mit Berni in die Bücherei gefahren war. Vinz war früher als sonst nach Hause gekommen, hatte das offenstehende Fenster entdeckt.

»Ich kann mich einfach nicht auf dich verlassen«, hatte er sich laut erregt, und Lili hatte gelacht. »Niemand steigt am helllichten Tag mit einer Leiter in unser Badezimmer ein. Diebe lieben die Nacht.«

»Lach du nur. Es wird dir noch vergehen. Und um Diebe geht es gar nicht, die kommen und gehen, wann sie wollen. Es geht darum, dass wir Vereinbarungen haben, die Sinn machen, welche du aber nicht respektierst.

Es macht mich verrückt, und ich hasse es, dass du nichts ernst nimmst. Ich fürchte, du sagst auch noch puff, wenn ein Reaktor explodiert.«

»Das hast du jetzt von Loriot«, witzelte Lili und löste eine neue Streitwelle aus. Vinz wetterte.

»Genau das ist es, was ich meinte, genau das. Das ist jetzt ein sehr gutes Beispiel. Du nimmst nichts ernst. Das mit dem Reaktor habe ich todernst gemeint, und du kommst mir mit Loriot.«

»Also bitte, du hast zuerst puff gesagt, und das ist Loriot, das weiß doch jeder«, sagte Lili und ging zu Bett.

Sie hatten am nächsten Tag nicht mehr über den Vorfall gesprochen. Vinz war in die Kanzlei gefahren. Ein komplizierter Verteidigungsfall hing ihm am Hals, der ihn mehr beschäftigte als ein offenes Fenster. Lili knabbert noch immer an seinem »Ich hasse es«. Wie ein Störgeräusch tönen die drei Worte in ihren Ohren und verwandeln sich im Lauf der Woche zu einem deutlichen »Ich hasse dich«, was Vinz, sie wird sich dessen immer sicherer, in Wirklichkeit hatte sagen wollen.

Sie setzt Berni in seinen Hochstuhl am Küchentisch. Er bekommt einen Butterkeks und seine kleine Plastik-Trinkflasche, die er den ganzen Tag mit sich trägt, immer wieder mal von sich wirft, weinend sucht und seinem Teddy in die Schnauze bohrt. Jetzt trinken beide, Berni Baby-Saft, Lili Kaffee.

»Ich werde es Vinz heute Abend sagen, dass ich für einige Tage zu Emmi und Anja fahre, und dass ich meine Mutter bitten werde, für Berni zu sorgen.« Lili entschließt sich dazu unumkehrbar und sagt es schon mal dem Kind. Berni klopft mit der Flasche auf den Tisch. Er scheint sich zu freuen.

Am Abend sagt Vinz: »Du, mach das, ich finde es gut. Du hast eine Auszeit verdient. Die Schwangerschaft, der Kaiserschnitt, die schwierigen Wochen danach, alles vorbei, aber alles auch noch irgendwie da, oder? Ich denke, es tut dir gut, etwas Abstand zu kriegen. Hast du deine Mutter schon informiert?«

»Das mach ich morgen. Ich wollte erst mit dir darüber reden.«

»Ja, okay, aber tu es«, sagt Vinz. Mehr nicht.

Lotte, Lilis Mutter, sagt spontan zu. Lili ruft Anja an. Emmi und Anja sind Töpferinnen und leben auf einem Bauernhof, den Anjas Vater gekauft und saniert hatte. Seine Tochter wird ihn einmal erben. Lili kennt beide aus der Schulzeit. Sie waren ein unzertrennliches Dreiergespann, gingen gemeinsam auf die Keramikfachschule, hatten beschlossen, immer zusammen zu bleiben und hatten dieses Vorhaben in einem Ritual beschworen. Sie stellten drei Kerzen in eine Blechdose, zündeten sie an und sahen zu, wie sie langsam ineinander schmolzen. Als die Dochte im flüssigen Wachs ertranken, umarmten sie einander und riefen »Freundschaft bis zum Untergang«. Danach platzte die Dose auf, und das heiße Wachs suchte sich seinen eigenen Weg.

»Hier Lili«, sagt Lili. »Sag mal Anja, könntet ihr Besuch gebrauchen oder seid ihr irgendwie ausgebucht?«

»Lili, ich glaub es nicht, dich gibt es noch? Wir dachten schon, es hätte dich voll erwischt mit Mutterpflichten und so«, schreit Anja ins Telefon. »Was ist, willst du kommen?«

»Ja, deshalb ruf ich an. So drei, vier Tage mal wieder in Freiheit, auf Hafturlaub, aber ohne elektronische Fußfessel. Habt ihr ein Plätzchen für mich?« Lili gibt sich ihren Freundinnen gegenüber gerne besonders witzig.

»Das kannst du haben, solange du willst. Sag bloß, wie geht's dir denn?«

»Ganz gut. Aber trotzdem, ich muss mal raus, verstehst du?«

»Versteh ich, kein Kommentar. Mach dich schnellstens auf die Socken. He Lili, ich freu mich, Emmi freut sich auch. Ich kann das sehen. Sie grinst so verzückt, kriecht hier um meine Beine herum und sucht unsere Katze. Wann willst du kommen, heute noch?«

Lili sagt, sie müsse noch auf ihre Mutter warten, die käme übermorgen. Dann brauche sie einen Einführungstag für die Mutter, die alles genau erklärt haben möchte, und danach würde sie fahren. »Das wäre also am kommenden Montag, wäre das okay für euch?«

»Ziemlich okay«, sagt Anja, »aber lass die Dose nicht platzen, du weißt noch, oder?«

Lili lacht. »Klar weiß ich das. Nein, keine Sorge, ich buche noch heute meine Fahrkarte.«

Am späten Montagnachmittag verlässt Lili als einziger Fahrgast in Oberkleinbach den Zug. Vor einer guten Stunde war sie auf die Nebenstrecke umgestiegen, der Triebwagen hatte an jeder noch so kleinen menschlichen Ansiedlung gehalten.

»Wundere dich über nichts, aber wir sind heilfroh, dass unsere Strecke nicht stillgelegt wurde. Die Oberkleinbacher haben schwer dafür gekämpft«, hatte Anja bei einem weiteren Telefonat gesagt.

Lili schaut sich um. Von Anja oder Emmi keine Spur. Es gibt einen kleinen Bahnhof, eher ein Gartenhaus mit Schalterraum, doch es ist geschlossen. Ein Schild im Fenster klärt auf. Die Station ist außer Betrieb. Es gibt einen Fahrkartenautomaten, einen Fahrplan im Schaukasten und eine lange Holzbank, auf der Lili sich einrichtet. Sie stellt ihre Reisetasche neben sich, legt ihren Arm darüber, streckt die Beine von sich und hält ihr Gesicht in die Sonne. Ja, das ist es. So hatte sie sich das vorgestellt. Sie denkt an nichts, atmet flach und ist dabei einzudösen.

Anja kommt eine halbe Stunde zu spät. Sie rennt, winkt von weitem, schreit »so ein Mist« und lässt sich außer Atem neben Lili auf die Bank fallen. »Tut mir echt leid«, sagt sie, »ich bin pünktlich losgefahren, aber im Dorf ist eine Feuerwehrübung. Ich wurde umgeleitet. Ich sag dir, das ganze Jahr ist hier tote Hose, und heute machen sie Wasser marsch. Anschließend gibt es den Floriansumtrunk. Da wird nochmals ordentlich gelöscht und ein Wildschwein am Spieß gebraten. Alles auf der Dorfstraße, mit Blechmusik und Gesangverein. Aber jetzt bin ich da und erst mal willkommen, Lili.« Anja holt Luft, umarmt die Freundin, schaukelt auf der Bank sitzend mit ihr hin und her. »He, du bist da, du bist da!«

Sie trägt Lilis Tasche zum Auto. Sie hat, und weiß nicht warum, reichlich weit vom Bahnhof entfernt geparkt. »Manchmal mach ich spontan Sachen, die völlig daneben sind, obwohl ich das Richtige tun könnte. Ich hätte direkt zum Bahnhof fahren können. Ich kapier das nicht.«

»Das kenne ich«, sagt Lili, »passiert mir öfter.« Zum ersten Mal denkt sie an Vinz.

Lili kennt den Hof. Sie war kurz nach dem Einzug der Freundinnen schon einmal dagewesen, mit Vinz. Auf einer Fahrt in den Urlaub hatten sie vorbeigeschaut. Sie erinnert sich an ein Gehöft in Alleinlage, doch in Sichtweite des Dorfes und diesem nahe genug, um sich nicht wie in einer Einöde zu fühlen. Anja sagt: »Wir haben oft Besuch. Die Oberkleinbacher spazieren zu uns in die Töpferei, um kleine Geschenke zu besorgen. Mütter mit Kindern kommen besonders gern. Sie verbinden den Spaziergang mit einem kleinen Schwätzchen. Die Kleinen toben inzwischen draußen auf der Wiese herum. Das hat sich in den letzten Jahren ganz gut für uns entwickelt, denn gekauft wird immer etwas.«

Sie fahren in den Hof, Anja hupt Alarm, aber niemand scheint das zu hören.

»Wo stecken die nur alle«, wundert sich Anja und steigt aus.

»Wen meinst du denn mit alle?« Lili streift ein Anflug von Beunruhigung.

»Du, es sind noch Rainer und Bea im Haus. Die kennst du ja, und vor drei Wochen kam Lasse, ein Freund von Toni, und Toni kommt morgen. Ob der bleibt, wissen wir noch nicht. Eigentlich haben wir immer irgendwie die Bude voll, aber keine Sorge, du hast dein eigenes Zimmer.«

Sie öffnet den Kofferraum und stellt Anjas Tasche auf den Boden. Lili weiß noch nicht, ob sie sich über »volle Bude« freuen soll, aber okay, sie wollte unter Leute kommen, die hat sie hier. Sie nimmt ihre Tasche und will das jetzt ganz positiv sehen. Der Hof liegt im rechten Winkel von Haus und Scheune, die den Freundinnen als Töpferwerkstatt dient. Zwei große Fenster sorgen für Tageslicht. Das alte Scheunentor haben Anja und Emmi sorgfältig in ein Schmuckstück verwandelt, auf das sie besonders stolz sind. Vor der Scheune steht eine lange Bank, davor ein Holztisch und mehrere Gartenstühle. Zwei Linden machen den Rastplatz zu einem heimeligen Ort. Lili setzt sich auf einen Stuhl, schaut in die lichtgrünen Kronen der Bäume.

»Die sind aber groß geworden«, staunt sie. »Als ich das letzte Mal hier war, fielen sie mir gar nicht besonders auf.«

Auf einem Feldweg nähern sich zwei Gestalten dem Hof. Der Mann hat den Arm auf der Schulter der Frau liegen, die zwei Köpfe kleiner ist als er.

»Ah, immerhin. Da kommen wenigstens Rainer und Bea, wenn sich sonst niemand von der Bande blicken lässt«, sagt Anja. »Pass auf, ich mach uns Kaffee, denn bis zu einem Abendessen kann es heute dauern.«

Bea löst sich beim Näherkommen von Rainers Arm und läuft schneller. Kurz vor dem Tisch bleibt sie stehen und breitet die Arme aus.

»Lili, Mädchen, ich glaub es nicht, dass du hier bist. He, wie lange ist es her, dass wir uns gesehen haben?«

Sie wissen es beide nicht mehr, umarmen sich, schauen sich an, fassen sich an den Händen, als wollten sie tanzen. Rainer greift ein.

»Jetzt lasst mich auch mal ran«, fordert er und zieht Lili an sich.

Sie kennen sich alle von der Keramikfachschule, hatten bis auf Lili dort ihren Abschluss im Töpferhandwerk

gemacht. Lili hatte Vinz gekannt, die Ausbildung abge-
brochen und ein Lehramtsstudium begonnen. Bis zu Bernis Ankunft hatte sie Grundschulkinder unterrichtet. Den
Kontakt zu den alten Freunden hatte sie nie verloren,
auch wenn er im Lauf der Zeit spärlicher geworden war.

Anja bringt Kaffeebecher, bringt Kaffee, bringt Milch
und Zucker, stellt einen Quadratmeter großen Blechku-
chen auf den Tisch.

»Apfel, frisch gebacken«, sagt sie. »Wo stecken eigentlich Lasse und Emmi, die wollten doch Gulasch kochen, oder hab ich da etwas falsch verstanden?«

Bea und Rainer wissen es nicht, sei auch egal, Gulasch
sei kein Problem und schnell gemacht.

»Ich kann es auch zubereiten«, bietet Lili an.

»Kommt nicht in Frage«, bestimmt Anja, »du bist eine
abgerackerte Mutter auf Auszeit und von sämtlichen
Haushaltspflichten entbunden, klar?«

»Okay, wenn das so ist, dann danke ich euch. Dieser
wunderbare Empfang tut mir jetzt schon gut.« Sie isst
Apfelkuchen, trinkt Kaffee.

Das muss Lasse sein, denkt Lili, als ein junger Mann
im langen Bademantel in der Haustür steht. Er stolpert
über die Schwelle, sagt »die muss weg« und setzt sich
wortlos an den Tisch. Er fröstelt, obwohl es warm ist, er
zieht die Nase hoch, wühlt mit der Hand im pechschwar-
zen Haar.

Lili denkt, ein attraktiver Junge, aber nicht gesund,
irgendwie kaputt. Wie will der heute Gulasch kochen.
Der Junge will auch nicht, das sieht sie bald. Er will seine
Ruhe, sonst nichts, einen Becher Kaffee jetzt, vielleicht
etwas anderes zur Nacht. Ob er kifft?

Emmi kommt mit dem Fahrrad, endlich. Sie lehnt es an die Scheunenwand.

»Ah, gut, dass ihr schon mal Kaffee gekocht habt. Ich musste noch rüber zu Sabine, ihr wisst ja, das Übliche.«

Dann entdeckt sie Lili und stürzt sich auf sie.

»Lilikind, was machst du nur für Sachen. Ganz alleine unter Wilden im Oberkleinbacher Kurhotel. Gut, dass du hier bist, mein Gott, wie ich mich freue.«

Sie drängt sich auf die Bank zwischen Lili und Rainer und gießt Kaffee in einen Becher.

Lasse steht auf und geht zum Haus. Er ist barfuß. Der Gürtel des Bademantels hängt nur in einer der beiden Schlaufen. Er zieht ihn über den Boden hinter sich her und schlägt sich einen Fuß an der Schwelle an. »Die muss weg«, schreien die anderen, und Lasse schüttelt verächtlich und kraftlos seine Hand Richtung Boden, ehe er im Haus verschwindet.

»Was ist denn mit Lasse, ist er krank?«, fragt Lili.

»Nicht direkt«, sagt Emmi, »Lasse braucht Stoff, seit gestern hat er nicht mehr inhaliert. Morgen kommt Toni und bringt ihm ein bisschen was mit und für uns eine Runde Hasch, wenn alles klappt.«

Lili glaubt sich verhört zu haben. Kiffen hier alle? Sie blickt von einem zum anderen und schaut in fröhliche, gesunde, von Luft und Sonne zart gebräunte Gesichter.

Das Gulasch kochen Bea und Rainer. Bea sitzt tränenreich über einem Zwiebelberg, den sie erst zur Hälfte zerkleinert hat. Lili setzt sich dazu und schnippelt mit.

»Ich kann nicht zusehen, wie du dich quälst. Zwiebel-schneiden ist eine grausame Sache, mit der nicht eine Person allein bestraft werden darf. Sag mal Bea, wie ist das mit dem Haschisch, kifft ihr denn am Abend oder war das ein Witz?«

»Du«, sagt Bea, »wir machen keine großen Dinge. Wir kochen Pudding, schaufeln was drunter, eine angenehme Dosis, ganz gut verträglich. Die kippt uns nicht ins Koma.«

»Was ist mit den Zwiebeln, habt ihr sie?«

Rainer brät sie in einem riesigen Kochtopf kräftig an. Es zischt, als er die Fleischwürfel dazugibt, sie mit einem klobigen Holzlöffel rasch wendet, bis sie von allen Seiten braun werden. Paprikaschoten, in Streifen geschnitten und Tomatenviertel wirft er über das schmorende Gulasch und löscht mit Gemüsebrühe und Rotwein ab.

»Wollt ihr kosten?«

»Lass es erst eine Zeitlang bruzzeln, der Geschmack entwickelt sich noch«, sagt Bea. Sie holt drei Gläser. »Wir könnten aber eine Weinprobe machen, findet ihr nicht auch, wir wollen doch wissen, welchen Tropfen wir in den Fleischtopf kippen.«

Sie trinken Wein und sitzen am Küchentisch. Lili hat viele Fragen, hält sie aber zurück. Sie ist erst wenige Stunden am Hof und hat noch genügend Zeit, sie zu stellen.

In der Nacht wacht sie auf. Sie hat wirr geträumt, ist verschwitzt. Sie steht auf, schaut aus dem Fenster. Die Linden rascheln in einem leichten Wind, sie duften stärker als am Tag. Wetterleuchten kündigt ein Gewitter an. Sie hört Stimmen, scharf, bissig. Die Streitenden bemühen sich, nicht gehört zu werden. Jemand schließt ein Fenster. Es sind Emmis und Anjas Stimmen. Lili weiß, die

Freundinnen sind ein Paar und teilen sich ein Schlafzimmer im Erdgeschoss. Sie ist aufgeregt und möchte, dass die beiden Ruhe geben. Dass sich ihre Gastgeber mitten in der Nacht streiten, erschreckt sie. Sie legt sich auf ihr Bett und schließt die Augen. Das Haus ist hellhörig, die Stimmen werden lauter. Irgendwann knallt etwas gegen eine Wand oder fällt zu Boden. Dann wird es ruhig im Unterstock.

Lili überdenkt den Abend. Sie hatten im Hof Gulasch gegessen, Wein getrunken, von alten Zeiten auf der Keramikschule geschwärmt, vom ersten Batzen Ton, der auf der Drehscheibe machte, was er wollte. Zwei Dorfbewohner hatten vorbeigeschaut, Max und Erich. Anja hatte sie eingeladen. »He ihr zwei, kommt her, es ist genug im Topf.«

Lasse war in der Küche gesessen, wollte sich nicht sehen lassen. Er aß drei Gulaschwürfel mit Soße, dann ging er wieder zu Bett. Später hatte Emmi von Sabine erzählt, die nach wie vor ihre Hilfe suche. Jeden zweiten Tag fahre sie mit dem Fahrrad zu den Winklers rüber, höre sich Sabines immer gleiche Geschichte an, die Wort für Wort immer dieselbe sei. Wie sie und das Kind im Garten auf einer Decke gesessen waren, das Telefon geläutet habe, sie nur für einen wirklich ganz, ganz kurzen Moment ins Zimmer gerannt sei, um es zu holen, und wie das Kind leblos im Pool gehangen hatte, mit dem Gesicht nach unten. Geschrien habe sie, das Kind herausgeholt, alles getan, um es wiederzubeleben, dazwischen den Notarzt angerufen, gehofft, gehofft. Bei diesen Worten, sagte Emmi, nehme sie Sabine in den Arm, die dann endlos weine. Gestern habe sie aber festgestellt, dass das

Weinen früher als sonst geendet habe, und Sabine sich schneller beruhigt hatte. Eine gute Entwicklung.

»Wann ist es denn passiert«, hatte Lili gefragt.

»Sommer vor zwei Jahren«, hatte Emmi gesagt, und es sei ein kleiner Junge gewesen, anderthalb Jahre alt, ein Peterle.

Lilis Nachthemd fühlt sich klamm an und klebt an der Haut. Sie zieht es aus, legt sich nackt aufs Bett und muss plötzlich an Berni denken. Sie hatte mit Vinz Handy-abstinenz vereinbart. Nur im äußersten Notfall sollte er sie verständigen. Sie wolle die Auszeit ohne Smartphone überstehen, mal sehen, wie es sich anfühle. Jetzt bereut sie die Abmachung, findet sie albern, unsinnig und nimmt sich vor, morgen ihre Mutter anzurufen. Lili will Bernis Stimme hören.

Gefrühstückt wird in der Küche bei weit geöffneter Tür. Gegen Morgen hatte das Gewitter den Hof unter Wasser gesetzt, Tische und Stühle durchnässt.

»Das alte Holz saugt sich voll wie ein Schwamm«, sagt Rainer, der es trockenreiben will. »Da muss die Sonne ran, anders geht es nicht. Ich sag immer, deckt die Sachen am Abend mit Folie ab. Aber das will hier keiner hören, allein das Wort Folie löst Entsetzen aus.«

Emmi erscheint als erste, fröhlich, gut gelaunt. Sie und Bea decken den Tisch, Lili schneidet Brot, soviel Mithilfe wird der erholungsbedürftigen Mutter gerade noch zugestanden. Anja kommt, als alle schon sitzen, sagt »hallo« und holt sich einen Joghurt aus dem Kühlschrank. Emmis und Anjas Blicke kreuzen sich nicht. Anja sagt: »Schläft Lasse noch?« Das weiß gerade keiner, und Anja verschwindet wieder, will erst nach ihm sehen, könnte ja sein, es gehe ihm nicht gut.

»Ehrlich, ich bin froh, wenn heute der Toni kommt«, sagt Emmi und streicht Butter auf ihr Brot.

»Ihr habt euch mit dem Jungen aber auch ganz schön was aufgeladen. Wie soll es denn eigentlich mit ihm weitergehen«, sagt Bea, »ich sehe gar keine Lösung für das Problem.«

»Du sagst es. Er müsste eigentlich in eine Suchtklinik gebracht werden. Das will er aber nicht, und Anja will das auch nicht. Sie glaubt immer noch daran, dass sie ihn durch längere Einnahmepausen allmählich entwöhnen kann. Aber das funktioniert nicht, das sieht man doch.«

Lili denkt, aha, der Streit heute Nacht, es hat wohl wegen Lasse gekracht. Noch immer weiß sie nicht, in welchem Verhältnis Lasse zu den Freundinnen steht, es ist ihr auch egal, wichtiger ist ihr im Augenblick, zu Hause anzurufen.

Anja kommt zurück. Sie sagt, es ginge Lasse gar nicht gut, und sie werde ihm Tee und einen Haferbrei kochen. Emmi legt Falten in ihre Stirn und sagt nichts.

Ein roter Kleinwagen fährt in den Hof. Es ist nicht der erwartete sagenhafte Toni, sondern Heidrun steigt aus, die Frau mit der Trommel. Diese hängt an einem bestickten breiten Band über ihrer Schulter. Eine große Reisetasche lässt auf leicht zu erratende Absichten schließen. Anja rührt in ihrem Haferbrei.

»Oh Gott, die Heidrun«, sagt sie erschrocken, »die habe ich ganz vergessen. Sie hat sich für heute angesagt, erzählte ich das nicht?«

Heidrun ist mittleren Alters, trägt eine lilafarbene Pluderhose, eine bestickte Weste über einer weißen

Leinenbluse. Eine Fülle grauer Kräusellocken fallen ihr auf die Schulter. Sie winkt heftig, lacht herzerfrischend laut und überrascht die Tischgesellschaft mit einem »Juhu, alle zusammen«.

»Mensch, Heidrun, komm rein«, sagt Anja und tut, als hätte sie seit Stunden auf sie gewartet.

Heidrun stellt die Trommel in eine Ecke, die Tasche dazu. Man rückt zusammen, Rainer schiebt einen Stuhl in die Lücke. Es wird ein bisschen eng am Tisch. Heidrun setzt sich. Entspannt schaut sie sich um. Sie entdeckt ein fremdes Gesicht.

»Also erst einmal Grüß Gott alle miteinander. Ich bin die Heidrun, und wer bist du?«

Sie streckt Lili ihre Hand entgegen, schüttelt sie.

»Ich bin die Lili«, sagt Lili.

»Ah, so ein schöner Name. Lili erinnert mich an Lilie, meine Lieblingsblume, die weiße Lilie, das Symbol der Unschuld. Manche Heilige werden gerne mit einer Lilie dargestellt.«

»Lili ist keine Heilige, sondern eine Mutter in Auszeit«, sagt Rainer, »und ihre Unschuld hat sie längst verloren, wenn man es rein biologisch betrachtet.«

»Ja, ja, ich versteh schon, Rainer«, sagt Heidrun bestens gelaunt. »Es sollte nur ein Wortspiel sein, weißt du.«

Sie trinkt Kaffee, greift tüchtig zu. Bea schneidet noch einmal Brot auf und legt Käse nach. Zu Emmi sagt sie: »Du, wir werden als erstes zum Einkaufen fahren und die Vorräte aufstocken, sonst kriegen wir die Leute nicht satt.«

Anja streicht den Haferbrei in eine Müslischale und hängt einen Teebeutel in einen Becher, gießt ihn mit heißem Wasser auf. »Bis gleich«, sagt sie und steigt mit einem Frühstückstablett in den Oberstock.

»Ist jemand krank«, erkundigt sich Heidrun.

»Nicht direkt krank, sagt Emmi, »sagen wir, jemand ist auf Entzug, verträgt es aber ziemlich schlecht.«

Emmi denkt, soll sie doch knallhart erfahren was hier läuft. Vielleicht verzieht sie sich samt ihrer Trommel ein paar Häuser weiter, Angebote für Kreativwochen gibt es landab landauf und überall.

Doch Heidrun ist besorgt. »Wie schrecklich für den Betroffenen. Er tut mir von Herzen leid, aber alle Achtung für euch, keine leichte Sache so eine Entzugsbegleitung. Ich hoffe, ich kann euch nach Kräften unterstützen. Wer ist denn der Patient, Mann oder Frau?«

Emmi legt deftig auf.

»Es ist Anjas Neffe, das Sorgenkind ihrer Schwester, das heißt ihrer Halbschwester, die viel älter ist als sie. Anja nahm ihn auf, weil ihre Schwester am Ende ihrer Kraft ist. Hier soll er eigentlich ein bisschen töpfern, sich körperlich anstrengen, einige Umbauten im Haus erledigen. Aber es klappt nicht. Er randaliert, wenn der Stoff alle ist. Er ist voll auf Droge. Mal sehen.«

Lili ist irritiert. Sie weiß nicht, ob sie das jetzt glauben soll, was Emmi gerade auftischt. Andererseits macht Lasse nicht den Eindruck, als rauche er nur ab und zu einen Joint.

Rainer sagt: »So wie Lasse drauf ist, hilft nur eine Klinik, wenn überhaupt.«

»Das erzähl mal Anja«, sagt Emmi.

Lili stellt ihren Teller in die Spüle, sie hat genug gehört. Diese Sorge um den süchtigen Lasse nervt und ist nicht ihre. Sie denkt an Berni und will schnellstens hören wie es ihrem kleinen Jungen geht. Keiner hier hat sich nach ihrem Kind erkundigt, niemand fragt, ob es schon läuft, ob es schon spricht, wem es ähnlich sieht, ob sie ein Foto zeigen könne. Sie interessieren sich nicht für ihren Sohn, warum auch. Immerhin, man verschont sie mit Hausarbeit, sie nehmen Rücksicht, aber eine einzige Frage nach ihrer Familie hätte sie schon erwartet, vielleicht von Bea, zumindest von ihr. Doch dieser unsichtbare Lasse beschäftigt alle, obwohl sie diesem Jungen völlig gleichgültig sind. Der denkt nur an einen Toni, der ihm Ware bringen muss. Ein Scheiß ist das hier. Sie hätte das nicht erwartet.

Anja kommt mit einer leeren Müslischale in die Küche, setzt sich an den Tisch.

»Gott sei Dank, Lasse hat ein paar Löffel Haferbrei gegessen, den Rest hat er mir geschenkt. Ich trink jetzt nur noch meinen Kaffee, dann zeig ich dir dein Zimmer Heidrun, und außerdem will ich dir sagen, schön, dass du da bist.«

Sie tätschelt Heidruns Hand, atmet erleichtert aus.

Rainer sagt: »Bea und ich würden zum Einkaufen fahren. Gibt es einen Speiseplan für die nächsten Tage, oder wie machen wir das?«

Anja wedelt mit den Händen.

»Lass mal Rainer, eines nach dem anderen. Ich brauch ein paar Minütchen, häng gerade noch völlig im Wind.«

»Ich geh mal nach oben«, sagt Lili. »Blast ins Horn, wenn es etwas wichtiges gibt.«

Sie steigt die Treppe hoch und hört im Vorbeigehen aus Lasses Zimmer einen röhrenden Ton, ein Würgen, ein Platschen, als erbreche Lasse sämtliche Mahlzeiten seines Lebens auf einen Schlag. Das können unmöglich nur ein paar Löffel Haferbrei sein. Ob er einen Eimer zur Verfügung hat? Lili ist es egal. Soll er den Magen gleich mit entsorgen. Sie wird keinen einzigen Gedanken an diesen verwöhnten Selbstbemitleider verschwenden.

In ihrem Zimmer schließt sie das Fenster. Sie öffnet ihr Smartphone und wählt Vinz. Auf dem kleinen Bildschirm lässt eine Sonne ihre Strahlen kreisen. Als Vinz abnimmt, stehen sie still und sprühen Funken.

»Lili, was gibt es?«

Lili ist einen Augenblick sprachlos, weiß nicht mehr, was sie sagen will.

»Vinz, du, ich wollte einfach nur hören wie es euch geht, ob alles gut ist, was Berni macht.«

»Alles in Ordnung mit dir? Ich denke, wir sollten uns nur im Notfall melden.«

»Ja schon, aber ich mach mir halt Gedanken, weißt du. Hier geht es auch ein bisschen drunter und drüber. Aber es ist auch interessant, nein, mir geht es gut, aber sag, was macht Berni?«

»Berni geht es sehr gut. Er ist mit Lotte beim Einkaufen. Deine Mutter macht das übrigens ganz toll, und Berni kann ein neues Wort.«

»Wirklich? Wie heißt es denn?«

»Bob. Berni sagt bob.«

»Oh, wieso sagt er bob?« Lili ist überrascht.

»Er sagt bob, weil er es sagen will. Er kann jetzt piep und bob. Vielleicht hat ihm das deine Mutter beigebracht.«

»Meinst du?«

»Was weiß ich. Ist doch egal, jedenfalls geht es ihm gut. Er hat kein einziges Mal geweint, als du weggegangen bist. Seine Oma ist lustig. Das gefällt ihm. Sie macht Spaß, er lacht viel, sei also unbesorgt und genieße die Tage.«

»Und er isst ordentlich?«

»Ja doch. Alles bestens, Lili. Du, ich muss los, wir haben Fallbesprechung. Ich bin auf dem Sprung. Mach's gut.«

Vinz legt auf, die Sonnenstrahlen kreisen, lodern, Lili löscht sie. Sie legt sich auf ihr Bett. Durch das geschlossene Fenster hört sie Trommelschläge, langsam und getragen, als begleiteten sie eine Trauergemeinde zur Beerdigung. Heidrun hatte den Wunsch geäußert, ihren Aufenthalt mit einem Trommelkonzert zu eröffnen. Das bringe gute Energie für alle, die hier lebten. Das Bummern verjage schlechte Energie und reinige die Atmosphäre. Als Lili glaubt, das Konzert sei vorbei, fängt Heidrun an zu singen. Sie trommelt und singt, und Lasse schreit aus seinem Fenster »aufhören, aufhören.« Augenblicklich ist Ruhe. Emmi, Bea und Rainer rennen in den Hof, reden durcheinander, befürchten, Heidrun sei schockiert. Doch Heidrun findet es gut so. Sie sagt, die Töne hätten Lasse ins Herz getroffen, das zeige seine Reaktion. Sie sei sehr zufrieden und würde jetzt ihr Zimmer beziehen.

Beim Mittagessen draußen am Holztisch, der inzwischen abgetrocknet ist, gibt es eine freudige Überraschung. Rapunzel, die dicke Katze, trabt gemächlich übers Feld daher und springt Emmi auf den Schoß.

»Jetzt sag mal, wo warst du denn, du fettes Ding. Tagelang streunst du umher. Warst du wieder einmal auf dem Katzenstrich, meine Süße?« Emmi knuddelt die Katze und hält sie wie ein Baby im Arm.

»Allmählich wären wir vollzählig«, hofft Rainer, »oder fehlt noch jemand?«

»Na der Toni. Er kommt gegen Abend«, sagt Anja.

»Wie geht es Lasse?«, fragt Heidrun. Möchte er nicht mit uns sein, mit uns essen?«

Sie hätte ihn gerne getroffen, mit ihm geredet. Sie ist eine Frau, die eine Gabe verspürt, die Gabe, anderen Menschen helfen zu können, zu müssen, vor allem solchen, die selbst nicht mehr über ihren eigenen Tellerrand blicken können. Doch sie bekommt den Jungen nicht zu Gesicht.

»Ich habe ihm eine Suppe ans Bett gestellt«, sagt Anja. »Mehr kann er gar nicht vertragen in seinem jetzigen Zustand.«

Lili sagt nichts dazu. Sie würde sich aber wundern, wenn Lasse die Suppe essen könnte, so wie er am Vormittag gekübelt hatte. Heidrun möchte wissen, wann sie mit dem Töpfern beginnen könne. Sie freue sich so sehr darauf und verspreche sich eine große Bereicherung durch diese Fertigkeit. Emmi schaut Anja fragend an. Was hast du denn wieder versprochen, meine Liebe?

»Heidrun«, sagt Anja, »wir beginnen morgen. Komm heute erstmal an, lass dich fallen, horch in dein Inneres, finde deinen Platz in der Gruppe, im Haus, draußen in der Natur. Das ist wichtig, du wirst sehen.«

Heidrun strahlt. Das trifft sich genau mit ihrem Ringen um Erkenntnisgewinn. Langsam eintauchen in Neues, nicht alles sofort wollen, das Wasser fließen, die Dinge geschehen lassen, schauen was kommt.

»Wunderbar, Anja. Eigentlich sehe ich es genauso wie du. Nur fühle ich immerzu eine drängende Urkraft in mir, diese Ungeduld, die mir bei meinem Lebensvollzug oft im Wege steht, weißt du. Ich muss da noch vieles lernen, an mir arbeiten.«

»Das müssen wir alle irgendwie. Keiner ist fertig, alle sind wir auf einem Weg.«

Lili kann solche Sätze nicht mehr hören. Das Gerede von der Arbeit an sich selbst, vom achtsam sein, sich annehmen können, vom sich selbst verzeihen müssen und dann schier unzumutbar, auch noch allen anderen, vom aufeinander zugehen, vom alles verstehen und respektieren wollen. Wie soll das gehen? Gut, Heidrun trommelt. So lassen sich vielleicht angestaute Aggressionen abbauen. Wer weiß, was die Frau hinter ihrer frohgemuten Fassade versteckt. Vor allem wundert sie sich über Anja, die sie als einen Ausbund an Unzuverlässigkeit und Unbelehrbarkeit in Erinnerung hat. Auf der Keramikschule ließ man sie gewähren. Abgemahnt wurde sie nur, wenn sie es nicht für notwendig gefunden hatte, den empfindlichen Ton rundum in genügend nasse Tücher einzuschlagen, was oft geschah.

»Das reicht schon«, hatte Anja gesagt und einen feuchten Lappen über ihr Gebilde gelegt. Es hatte selten gereicht, vor allem nicht am Wochenende. Montags musste sie ihr knochentrockenes Werk entsorgen. Lili hat nie verstanden, warum sie so störrisch genau das tat, was ganz offensichtlich falsch war. Und jetzt diese Floskeln! Welcher Guru hat ihr inzwischen solche Phrasen in den Mund gestopft, mit denen sie Wasser in Wein verwandeln kann? Warum sagt Anja nicht ehrlich, dass sie keine Zeit oder Lust zum Töpfern habe, heute jedenfalls nicht, und dass Heidrun sich bitte selbst um ihr Wohlbefinden kümmern möge?

»Übrigens, trommeln kannst du gerne hinter dem Haus im Gemüsegarten«, sagt Anja.

Bea und Rainer fahren mit einer Einkaufsliste zu einem Supermarkt. Sie hoffen, bis zum Nachmittagskaffee zurück zu sein. Über eine Stunde lang hatten sie nach dem Frühstück den Essensplan für die kommenden Tage entworfen.

»Möchte jemand mitfahren?«, fragen sie die vier Frauen, die noch am Tisch sitzen und einen Espresso trinken.

»Nein, geht ihr nur«, antwortet Anja für alle, ohne Nachfrage.

Heidrun will sich ein bisschen flachlegen. Lili plant einen Spaziergang in den Wald, und Emmi räumt die Küche auf. Hilfe wolle sie keine. Saubermachen sei ein Bedürfnis für sie und keine Arbeit. Jeder befriedige sich eben auf seine Weise, sagt sie hintersinnig und lacht. Anja muss sich dringend um Lasse kümmern. Sie hofft, ihn aus dem Bett zu kriegen, vielleicht will er duschen.

Siesta-Ruhe legt sich über Haus und Hof, als Lili Richtung Waldrand wandert. Zwei Stunden geht sie auf sandigen Traumpfaden, riecht an modrigen Tannenzapfen, die auf dem Boden liegen und wirft sie ins Unterholz, knickt Kiefernnadeln und zieht sich ihren strengen Geruch in die Nase. Sie bricht geronnenes Harz aus einem Fichtenstamm und will es zerkrümeln. Ihre Finger kleben, sie versucht sie mit Sand sauber zu scheuern.

Gegen vier Uhr erreicht sie den Hof und sieht einen Krankenwagen aus der Einfahrt kommen. Kaum auf der Straße, heult das Martinshorn auf. Lili denkt sofort an Lasse und liegt mit ihrer Vermutung nicht daneben. Emmi und Heidrun stehen unter den Linden, winken Lili zu sich her.

»Reg dich jetzt nicht auf, alles halb so schlimm. Lasse hat sich ein bisschen die Pulsadern angeritzt. Er weiß schon, wie man es richtig macht, ohne dabei auszubluten. Ich konnte seine Unterarme rechtzeitig abbinden. Laut genug hat er schließlich um Hilfe geschrien.«

Heidrun ist schockiert. »Ein Notruf bleibt es aber trotzdem. Er will uns damit etwas sagen, oh, hätte ich doch mit ihm sprechen können.« Sie ist untröstlich.

»Er hat uns andauernd etwas gesagt, vor allem, dass er seinen Stoff brauche und hier auf dem Scheißhof allmählich verrecke. Ich bin froh, dass die Sanis ihn eingebuchtet haben. Jetzt kommt er hoffentlich in die richtigen Hände und endlich aus denen seiner überforderten Tante.«

»Anja ist mitgefahren?« fragt Lili.

»Ja leider. Ich hätte es nicht gemacht. Man kann nur hoffen, dass sie ihn nicht wieder mit hierher bringt. Wenn sie das tut, hau ich ab«, sagt Emmi.

»Ach Emmi, du tust mir so leid.«

Heidrun legt ihre Arme um Emmi und fängt an zu weinen.

Bea und Rainer sind in der Küche. Das mit Lasse wissen sie schon. Lili hilft, mit Kartoffeln gefüllte Jutesäckchen in den Keller zu tragen, ein kühles Gelass mit erdgestampftem Boden.

»In solch einem Keller kannst du noch wunderbar Äpfel, Karotten und Kartoffeln lagern«, schwärmt Bea.

»In unseren modernen Kellern mit Hobbyraum und so ist es nicht mehr möglich. Sie sind einfach zu warm.«

»Sagt mal, habt ihr Lasse noch gesehen?«, fragt Lili.

»Ja, haben wir«, sagt Rainer. »Sie führten ihn gerade zu zweit über die Treppe und legten ihn unten auf eine Trage. Er war kreidebleich. Anscheinend hat er doch ziemlich viel Blut verloren. Anja hatte seine Schreie gehört. Komisch, dass jemand, der sich umbringen will, so heftig um Hilfe schreit.«

»Also wir sind froh, dass er in eine Klinik kommt. Vielleicht bekommen die ihn runter von der Droge«, hofft Bea. »Und für Anja und Emmi ist es besser, sie geben die Verantwortung ab. Hätte heute ja auch schief gehen können, oder? Zu ihrer Arbeit kamen sie auch nicht mehr. Die Töpferei war im Standby-Modus. Geht ja auch nicht ewig sowas.«

Bea ist erleichtert über die Veränderung im Haus. Sie sagt, es käme ihr vor, als habe sich ein düsterer Geist hinausgeschlichen, und sie werde als erstes einen schönen Kaffee kochen.

Heidrun will gute Energie in den Äther senden und trägt ihre Trommel in den Kräutergarten. Lili begleitet sie.

»Meine Schläge finden immer ihren Weg, auch zu Lasse, der nun jede Hilfe braucht«, glaubt sie unbeirrt und legt einen schnellen Rhythmus auf. Sie sitzen auf umgestülpten Gemüsekisten und Lili sieht zu, wie Heidrun in einer Art Trance verschwindet. Sie trommelt mit geschlossenen Augen, wiegt sich in den Schultern und singt ein Lied ohne Text. Lili versteht einzelne Silben wie, ah-jah-jah und hau-hau-he und immer wieder Lasse. Dazwischen summt sie in sich gekehrt, und ohne

Lili zu beachten, eine tieftraurige Melodie. Und Lili, der es auf ihrer Gemüsekiste ein bisschen gruselt, denkt, dass Heidrun nicht mehr alle hat. Geräuschlos will sie sich entfernen, doch Heidrun schlägt die Augen auf, haut noch einmal kräftig mit den Stöcken auf die Pauke.

»Gehen wir Kaffee trinken?«, fragt sie.

Und plötzlich kommt der Toni. Ein Mini-Auto prescht in den Hof, bremst scharf. Die Autotür springt auf, ein dicklicher, junger Mann müht sich ins Freie und entfaltet sich zu einer stattlichen Größe. Offenes Hemd bis zum fünften Knopf, Sonnenbrille über der Stirn. Er schüttelt seine langen Arme aus, dann bückt er sich wieder über seinen Sitz und sucht etwas. Dieses Etwas hält er in der Hand, als er Richtung Kaffeetisch stakt und die Gruppe begrüßt.

»Na, alles wie immer? Ich habe es leider nicht früher geschafft, Stau an jeder Ecke, die Baustellen, ich kann euch sagen.«

Er lässt sich auf einen der freien Stühle fallen und sieht sich um.

»Gemütlich habt ihr es halt, bin jedes Mal neu begeistert. Wo gibt es das noch, Kaffeetrinken unterm Lindenbaum?«

Er legt ein Päckchen neben seine Kaffeetasse, die Emmi ihm vorsetzt.

»Und, alles gut verplombt?«

Eine Frage, die nur Emmi versteht.

»Ja schon, aber du kommst zu spät, Lasse ist auf dem Weg in die Klinik. Du weißt, was das heißt. Blutentnahme, dann ab in den Entzug. Außerdem hat er an seinen Pulsadern herumgesäbelt, auch keine Kleinigkeit.«

»Das ist schlecht«, sagt der Toni, »ganz schlecht ist das, so ein Depp, hei-jei-jei.«

Dann trinkt er Kaffee, schüttelt nach jedem Schluck den Kopf, als könne er nicht glauben, was Lasse da angestellt hat.

»Der Junge tut mir echt leid«, sagt Heidrun. »Unsere Jugend lebt heute so gefährlich. An jeder Ecke kriegen sie das elende Zeug. Als ich so alt war wie Lasse, wusste ich gar nicht was Drogen sind.«

Der Toni legt seine Hand über das Päckchen und zieht es vom Tisch.

»Da sagen Sie was«, stimmt er Heidrun zu und steht auf. »Leute, ich muss leider weiter, kann heute nicht bleiben. Aber danke fürs Käffchen, war schön hier bei euch. Und mit dem Lasse, da bin ich optimistisch, die kriegen ihn hin, die machen das.«

Im Stehen trinkt er den letzten Schluck Kaffee. Er bittet Emmi auf einen Sprung in die Küche.

»Hast du noch einen Augenblick?«

Die beiden verschwinden im Haus, kommen nach kurzer Zeit zurück, und der Toni sagt endgültig: »Ade, habt eine schöne Zeit und grüßt mir die liebe Anja.«

Er checkt ein, weiß Kopf und Sonnenbrille unbeschadet durch die Türöffnung zu lotsen und zieht als letztes die Beine an Bord. Er winkt aus einem Minifenster, streckt den Daumen nach oben.

»Das wird schon, gell.«

»Was für ein seltsamer Gast war denn das, kommt und ist schon wieder weg?«, fragt Heidrun in ihrer unverblümten Art, mit der sie die anderen immer wieder verblüfft.

Heidrun gefällt Lili inzwischen besser. Sie ist ehrlich, originell, ungeniert und freut sich ganz offensichtlich ihres Lebens. Das steckt an, findet Lili und fragt Heidrun, ob sie auf einen Spaziergang mitkommen wolle. Natürlich wollte Heidrun, sehr gerne wollte sie das. Sie gehen Richtung Dorf, biegen kurz davor in einen Feldweg ein, der sie in einem großen Bogen zurück zum Hof führen wird. Heidrun wandert gern, sie hat feste Schuhe an, zum Schnüren, mit Haken und Ösen und einem Schaft bis zu den Knöcheln. »Da kenn ich nichts«, sagt sie und streckt die Beine von sich, wackelt mit den Füßen. Sie sitzen auf einer Bank mit Blick ins Hügelland und werden sich nicht einig, um welche Kirche es sich auf der entferntesten Erhebung handeln könnte.

Lili will es googeln, sobald sie zurück sind.

»Du hast dein Smarty dabei?«

»Nur für alle Fälle, falls es ein Problem mit Berni geben sollte.«

»Und wer ist Berni?«

»Berni ist mein Sohn«, sagt Lili. »Meine Mutter sorgt gerade für ihn, damit ich hier sein kann. Ich wollte einfach mal raus, verstehst du?«

»Du hast ein Kind? Wie alt ist denn der Junge?«

Heidrun blüht zusehends auf, will ganz viel wissen. Lili erzählt, von piep und bob, auch dass Berni noch nicht läuft, sich aber an allem hochzieht, was er fassen kann. Sie schildert ihre komplizierte Schwangerschaft, ihren Kaiserschnitt und die Wochen danach.

»Mir war alles zu viel in letzter Zeit. Ich dachte, es würde besser werden, meine Kraft käme zurück. Aber so war es nicht. Und dann rief ich Anja an.«

»Hast du ein Foto von Berni auf deinem Smartphone? Ich würde es gerne sehen.«

»Ich zeig es dir, heute Abend zeig ich es dir«, sagt Lili.

Sie waren kaum von ihrem Spaziergang zurück, ruft Anja an.

»Kann mich jemand holen, ich steh in Oberkleinbach am Bahnhof.«

»Ich muss Anja holen, sie steht in Oberkleinbach. Wartet noch mit den Spaghetti, sonst werden sie zu weich«, sagt Emmi.

»Ich mach das, ich hole sie gern«, sagt Heidrun und fährt augenblicklich los.

»Hat Anja von Lasse gesprochen?« fragt Bea.

Sie sitzen alle in der Küche, halten Lagebesprechung bei einem ersten Glas Rotwein. Rainer kocht, rührt in einem Topf mit klein geschnittenen Tomaten. Er verspricht die beste Tomatensoße, die sie je gegessen hätten.

»Nein, hat sie nicht, aber klar ist auch, sie ist allein,« sagt Emmi.

»Das ist doch schon mal gut«, findet Rainer und meint nicht seine Soße.

Anja weint am Abend, isst kaum Spaghetti. Sie versteht nicht, wie das alles so kommen konnte. Sie macht sich Vorwürfe, sich nicht genügend um Lasse gekümmert zu haben. Im Krankenhaus habe Lasse verzweifelt darum gebeten, sie möge ihn wieder mit nach Hause nehmen. Doch die Ärzte hätten kaltblütig entschieden, ihn in ein Schlafkoma zu legen. Bei Suizid treffen sie anscheinend die Entscheidungen selbst. Jetzt müsse sie als erstes ihre Schwester benachrichtigen. Davor grause ihr besonders, klagt sie heulend. Emmi kocht Schokoladenpudding und streut ungeniert eine Hand voll Haschischkrümel unter die Creme.

»War der Toni da?«, fragt Anja unter Schniefen und Nase putzen.

»Das siehst du doch«, sagt Emmi. Anja beruhigt sich. Die Aussicht auf einen Pudding scheint sie zu trösten.

Heidrun versteht jetzt überhaupt nichts mehr.

»Sag mal, Emmi, was machst du da? Gerade ist uns der Lasse von der Schippe gesprungen, und du kochst Drogenpudding. Das geht doch nicht.«

»Wir bringen uns im Gegensatz zu Lasse aber nicht wegen einiger Hanfkrümel um. Das ist nur wie Würze oder so ähnlich.«

»Na ja, ganz so ist es nicht«, korrigiert Rainer, »doch wenn du es so siehst, dürftest du auch keinen Rotwein trinken, keinen Whisky, keinen Cocktail, Schnaps schon gar nicht, denn die Droge Nummer eins heißt Alkohol.«

»Meinst du?«

Heidrun denkt nach. Sie kennt sich nicht gut genug in der Szene aus und lässt sich gerne belehren, vor allem von einem Mann wie Rainer, dessen Zuverlässigkeit sie nicht nur in seiner lichten Aura erkennt, sie kann sie auch eindrücklich spüren. Seit dem Nachmittag fühlt sie sich so wohl in der Gruppe und von allen angenommen. Lili hatte ihr zwei Bilder ihres Kindes gezeigt, nur ihr, nicht den anderen, und Anja hatte sich am Bahnhof weinend an ihren Hals gehängt.

»Heidrun, ich bin so wahnsinnig froh, dass du da bist.«

Heidrun sagt: »Also gut, wenn alle einen Pudding essen, nehme ich auch einen.«

Die Wirkung des Puddings zeigt sich nicht sofort, doch nach einiger Zeit erlahmen die Gespräche. Anja sitzt im Schaukelstuhl mit halb geöffnetem Mund und wimpernverhangenem Blick. Sie wippt ein bisschen hin und her, hängt angenehmen Gedanken nach. Die anderen, ebenso relaxt, freuen sich so ganz im Stillen und jeder für sich über etwas Unsichtbares, jedoch ziemlich Schönes. Heidrun tanzt mit sich allein. Langsam, sich in den Hüften wiegend, summt sie vor sich hin, und Lili wartet auf die versprochene Wirkung, die nicht kommen will. Sie tritt auch nach längerer Wartezeit nicht ein. Lili trinkt noch ein Glas Wein und geht danach ins Bett.

Beim Frühstück scheint es gleitende Anwesenheit zu geben. Bea ist schon wieder weg, als Anja kommt. Lili wartet mit einer Ankündigung auf die Zeit der dichtesten Besetzung am Tisch.

»Hört mal, ich möchte euch etwas sagen. Also, ich habe nachgedacht, und es ist so, ich finde es hier sehr schön mit euch, wirklich schön, aber ich würde gerne heute schon nach Hause fahren, zu meinem Jungen, der gar nicht weiß, wo seine Mama steckt. Wäre das für euch okay?«

»Wie schade«, jammern fast alle. Jetzt, wo es eigentlich erst richtig gut werden könne, wo man töpfern und wandern wolle, tanzen und all sowas, da fahre sie weg. Traurig sei das, echt traurig.

»Frag nicht Lili, mach es einfach«, sagt Heidrun.

Lili gibt Emmi Geld, für Unterkunft und Essen. Emmi wehrt sich. »Du warst hier Gast und kein Kursteilnehmer, dazu nur so kurz.« Dann nimmt sie es doch, klar, brauchen können sie es immer.

Heidrun fährt Lili nach Oberkleinbach zum Bahnhof.
»Du willst noch bleiben?«, fragt Lili.

»Ich bleibe, ich habe dort noch einiges zu trommeln, verstehst du?«

Sie lachen beide. Lili gibt Heidrun einen Zettel mit ihrer Adresse, Handy- und Festnetznummer.

»Besuch mich, ich würde mich freuen, wir halten Kontakt, ja?«

»Das machen wir, ich melde mich«, verspricht Heidrun und wartet, bis der Zug mit Lili in einer Gleisbiegung verschwindet.

Vinz holt Lili am Bahnhof ab. Im Auto reden sie wenig, doch Vinz kündigt eine Überraschung an, und er freut sich.

»Schön, dass wir dich wiederhaben.«

Er tut so, als wundere er sich keinen Augenblick über ihre vorzeitige Heimkehr. Er trägt ihre Tasche über die Treppe zur Haustür hoch. Im Flur hört Lili Bernis Stimme. Er singt ein langgezogenes »oh«, das von tiefen zu hohen Tönen wechselt. Die Tür zum Wohnzimmer ist angelehnt. Sie öffnet sie sacht, schleicht sich an und sieht ihren Kleinen, der auf Wackelbeinen einen roten Ball verfolgt. Mit jedem Schritt, der ihm gelingt, wird Bernis Jubel größer. Dazwischen bleibt er stehen, schwankt ein bisschen, lacht und nimmt wieder Anlauf. Er läuft, ihr Kind läuft, erobert sich vor ihren Augen seine Welt und Lili sagt »Berni«. Das Kind dreht sich um, verliert die Balance und landet auf seinem Po. Berni patscht mit den Händchen auf den Boden, hebt die Arme und zeigt mit einem Finger auf Lili. Er schaut sich um, deutet auf den Ball, und dann sagt er »Ball.«

Inhalt